Dagmar Chidolue, 1944 in Sensburg / Ostpreußen geboren, zählt zu den namhaftesten Kinder- und Jugendbuchautorinnen und wurde bereits mehrfach, u. a. mit dem Deutschen Jugendliteraturpreis, ausgezeichnet. Sie lebt in Frankfurt am Main.

Dagmar Chidolue

Das mit mir und Romeo

Fischer Schatzinsel

Fischer Schatzinsel ist das Kinder- und
Jugendbuchprogramm der S. Fischer Verlage

www.fischerschatzinsel.de

MIX
Papier aus verantwortungsvollen Quellen
FSC® C083411

Umschlaggestaltung: Geviert, Conny Hepting, München
Coverabbildung: Plainpicture / Jutta Klee
Satz: Dörlemann Satz, Lemförde
Druck und Bindung: CPI – Clausen & Bosse, Leck
Printed in Germany
ISBN 978-3-596-85483-7

Nach den Regeln der neuen Rechtschreibung

1

Das Haus liegt in einem großen Garten mitten zwischen hohen Bäumen. Pappeln und eine riesige Linde. An diesem Tag sah das Grundstück trostlos aus, weil die Bäume kahl waren und der Winter sich von seiner schlechtesten Seite zeigte, grau, nass und ein bisschen nebelig.

Eine Seite des Hauses ist vollständig mit Efeu bewachsen, der sich aber allmählich wie mit Krakenarmen um die Ecken rankt. In hundert Jahren oder so wird das ganze, rot geklinkerte Haus mit seinen geschwungenen Giebeln wohl vollständig überwachsen sein.

Nach hinten raus befindet sich der Wintergarten mit einer zerbrechlich aussehenden, schnörkeligen Gartenliege und unzähligen Kakteen und Blattpflanzen und einem dornigen Gestrüpp, ein gewaltiger Christusdorn.

Seitlich am Haus angebaut gibt es eine große Garage mit einer dunklen, kackbraunen Doppeltür. Eine mit

Verbundsteinen gepflasterte Auffahrt führt von der Straße zur Garage. Am Gehsteig wird die Einfahrt von zwei ebenfalls aus Klinkern gemauerten Pfeilern links und rechts begrenzt.

Ich nehme es vorweg: Den Wagen, der dort untergestellt war, könnte man als Geschoss bezeichnen, so ein ellenlanges Monstrum, hellbeige, eine Kiste wie aus dem Mittelalter, ich meine, wie aus einem Film, wo die Jungs selbst beim Angeln Schlips und Kragen tragen und wie alte Männer aussehen und die Mädchen auch schon in den Vierzigern zu sein scheinen, mit ihrer komischen Wellenfrisur.

Die Kiste wurde hin und wieder auch bewegt.

Der Großvater – groß, hager, etwas gebückt und dünnes Haar – stand an der Haustür, als wir ankamen. Wir … das ist Mama, meine jüngere Schwester Hannah und ich. Ich bin Julia.

An den Füßen trug er braunkarierte Hausschuhe, und deswegen kam er uns wohl nicht entgegen. Nein, stimmt nicht, auch mit Straßenschuhen wäre er uns nicht entgegengegangen.

Mama war sozusagen über ihren Schatten gesprungen, als sie entschied, zu ihrem Vater zurückzukehren. Sie hatte Hannah und mir erzählt, dass wir jetzt von ihm abhängig waren und dass wir froh sein sollten, bei ihm wohnen zu dürfen, weil wir sonst finanziell nicht über die Runden kommen würden.

Diese erste Begegnung mit unserem neuen Leben brannte sich mir in Kopf und Herz ein wie ein Film, der in Zeitlupe gedreht ist.

Wir stiegen die sieben Stufen der Eingangstreppe hoch und gaben dem Großvater die Hand. In Gedanken nannte ich ihn ER, groß geschrieben. Ich wusste, ich würde nie Opa zu ihm sagen können, und jetzt weiß ich auch, dass er das nicht gewünscht hätte. Damals noch nicht.

Wir standen auf der Eingangstreppe einige Stufen unter ihm. Er schien auf was wie einen Knicks zu warten, weil er so eine Bewegung mit dem Kopf andeutete.

»Ach«, sagte er mit einer komischen, knatteralten, brüchigen Stimme. »Ist es heute wohl nicht mehr üblich, höflich zu sein?«

Mama, die an diesem Tag besonders jung aussah, versuchte ein schiefes Lächeln, aber es war mir von Anfang an klar, dass er in diesem Haus das Sagen hatte. Mir wurde sofort ganz kalt.

Wir sollten das Erdgeschoss bewohnen. Es war keine abgeschlossene Wohnung, die einzelnen Zimmer konnte man vom Flur oder oben, wo er sich aufhielt, vom Treppenhaus aus erreichen. Und der Wintergarten gehörte zu oben, also dem Großvater.

Die Räume, die ein wenig düster auf mich wirkten, hatten lange leer gestanden, weil ER angeblich die Situation vorausgeahnt hatte. Er schien immer alles zu wissen.

Vor seiner Pensionierung war er Schuldirektor gewesen. Von Kopf bis Fuß Lehrer. Sogenannte *Alte Schule*. Staubtrocken.

Oha, dachte ich.

ER kam mir vor wie ein Dinosaurier, siebzig, achtzig, neunzig, hundertdreißig Jahre alt.

Mama hatte schnell alle Formalitäten für den Eintritt in die zuständige Schule erledigt, und am Montag nach unserem Umzug sollten wir dort hingehen und ich also in meine neue Klasse kommen.

Die Schule war nicht weit entfernt. Wir wohnten hier in der Innenstadt, und die Stadt war auch nicht so ein Nest wie der Ort, in dem wir vorher gewohnt hatten. Ein paar zigtausend Einwohner.

Ich versuchte, meine Angst vor mir selber zu verbergen. Ich dachte, es ist, wie es ist.

»Ich möchte lieber wieder nach Hause zurück«, sagte Hannah noch einen Tag, bevor es losging.

Sie sprach ihre Furcht vor neuen Mitschülern offen aus, aber es war kindisch. Sie wollte nicht wahrhaben, dass unser Zuhause nunmehr dieses Haus war, dieses

Haus, diese Stadt und diese neue Schule. Das war so ein Moment, in dem ich merkte, dass meine Schwester doch viel jünger ist als ich.

»Du musst da durch«, wollte Mama sie trösten.

»Ich will da nicht durch.«

Wir mussten aber beide da durch.

Mama hatte uns zum Trost für den neuen Anfang noch am Samstag kurz vor Ladenschluss T-Shirts gekauft. Wohl die erstbesten, die ihr unter die Finger geraten waren. Für Hannah ein Shirt in Rosa mit Schmetterlingen drauf und der Aufschrift *Pink Lady*. Auf der Schulter war die Naht ein wenig aufgetrennt, und Mama musste sich gleich hinsetzen und sie zunähen.

Für mich hatte sie ein ziemlich ödes, blaues T-Shirt mit silberfarbenem Aufdruck erstanden. Ein Schnäppchen. Der Text hatte einen Fehler, auf den mein Großvater missbilligend hinwies, als er mir im düsteren Treppenhaus einen Gruß entgegenknurrte.

»Es heißt *en* und nicht *on*«, sagte er.

»Was … bitte?«, fragte Mama.

»La vie en rose«, zitierte er. »Französisch. *En* und nicht *on*, meine liebe Tochter.«

Mama zuckte mit den Schultern, und ich konnte zuerst gar nicht nachvollziehen, was er meinte. *En* und *on* hörte sich gleich an, besonders bei seiner schnarrenden Aussprache.

»Wahrscheinlich ist es Glückssache, Fremdsprachen richtig anzuwenden«, meinte er sarkastisch.

»Ich habe andere Sorgen«, antwortete Mama. »Außerdem habe ich das Hemd nicht bedruckt.«

»Aber lesen solltest du können.« Er musste immer das letzte Wort behalten.

Ich hatte auch andere Sorgen. Wie es sein würde, wenn ich in die neue Klasse käme. Immer und immer wieder stellte ich mir das vor.

Aber ich hatte wohl nicht genug Phantasie für alles, was danach kam.

Und ich dachte auch zurück an die Jahre hinter uns.

Wir wohnten damals noch in dem Nest, das eigentlich aus fünf Ortsteilen bestand. Deshalb war es nicht so einfach, sich gegenseitig zu besuchen, außer man hatte eine Mutter, die Chauffeuse spielte. Mama war dazu nicht in der Lage, das heißt, wir hatten normalerweise gar kein Auto, weil unser Vater damit herumkurvte, und der war so gut wie nie da. Ich sage ausdrücklich *herumkurven*, obwohl es sich verächtlich anhört, und genauso meine ich das auch.

Zu Weihnachten … das war Weihnachten vor unserem Umzug … zu Weihnachten hatte Mama uns beiden, Hannah und mir, Handys geschenkt.

»Das würde mich beruhigen«, hatte sie gesagt. »Falls mal irgendetwas ist.«

Sie erwartete, dass meine Schwester und ich keinen Blödsinn damit machen würden. Deshalb hatte sie die Handys jeweils mit Prepaid-Karten bestücken lassen und mehr als fünfzehn Euro pro Monat durften wir somit nicht verbrauchen. Bis jetzt hatte es bei mir gelangt, aber es war auch erst Mitte Januar. Hannah, die an die anderthalb Jahre jünger ist als ich, hatte ihren Monatsetat schon gegen Ende Dezember ausgeschöpft. Sie rief nachmittags oft ihre Freundinnen an.

Mama konnte sich auch nicht dazu entscheiden, den Festnetzanschluss auf Flatrate umstellen zu lassen.

»Wir könnten dann aber umsonst telefonieren«, schlug ich vor.

»Nichts auf der Welt ist umsonst, Julia«, hatte sie geantwortet.

Hach.

Sie hatte hinzugefügt: »Außer den Erfahrungen, die man macht.« Sie konnte in jenen Tagen manchmal sehr sarkastisch sein.

Wenn wir, Hannah und ich, von irgendwoher endlich nach Hause kamen, konnte ich sehen, dass Mama richtig erleichtert war. Wir waren ihr Ein und Alles, okay, okay. Sie erwartete, dass wir pünktlich von der

Schule oder nachmittags vom Sportverein nach Hause kamen. Sportverein?

Hannah Leichtathletik und ich Badminton. Badminton machte ich nur, weil Liv auch im Badminton-Club war. Und weil sich die Sporthalle in unserem Ortsteil befand, dem Neubaugebiet. Wir wohnten auch in einem ziemlich neuen Wohnblock mit lauter Eigentumswohnungen, uns gehörte die Wohnung sogar, obwohl … eigentlich gehörte sie der Bank.

Außer Schule und einmal in der Woche Sport nachmittags, machten wir nichts groß. Und Mama schien jedes Mal aufzuatmen, wenn wir endlich zu Hause waren. Vielleicht lag es daran, dass unser Vater so gut wie nie da war. Und wenn, dann gab es sowieso nur Streit. Trotzdem wartete Mama darauf, dass er irgendwann wieder einmal auftauchte, weil es Dinge gab, die zu entscheiden waren, und dann hoffte sie wohl darauf, dass er wieder verschwand. Dazu später noch einiges.

Mama schien auf eine Katastrophe zu warten. Oder auf ein Drama. Wenn Hannah oder ich von einer Grippe erwischt wurden, war Mama auch erleichtert. Als ob das schon die ersehnte Katastrophe war, mit der sie aber umgehen konnte. Ihr Gesicht trug trotz der Katastrophenstimmung keine Anzeichen der Anspannung, keine tiefen Falten. Mama hatte sich im Griff, und sie wirkte noch ziemlich jung, sehr akkurat mit ihren halblangen, braunen Haaren. War ja auch noch nicht mal Ende dreißig.

An diesem Montag im Januar, von dem ich zuerst berichten will, haben dann schließlich Veränderungen angefangen, mit denen Mama fertig werden musste und vor allen Dingen wir, Hannah und ich. Wir ahnten nicht, dass es eine Zeitlang für uns heftig werden würde. Im Nachhinein sieht es jedoch aus, als musste es so kommen und wäre richtig und gut gewesen, na ja, auch wegen Romeo und so.

Irgendwann war das Drama da. Eigentlich war es schon das Ende davon. Soweit wir das mitbekommen hatten.

Unsere Eltern ließen sich scheiden.

Hannah und mir machte das nichts aus, das ist die Wahrheit. Für uns war Vater schon immer nie richtig vorhanden gewesen. Wenn er mal zu Hause – fast nur stundenweise – vorbeigeschaut hatte, dann war es Mama nicht gut gegangen. Verheulte Augen, rote Nase. Hannah und ich waren dann in unserem Zimmer geblieben. Wir hockten auf unseren Betten und taten irgendwie beschäftigt, lesen oder so, wir horchten aber hinüber. Da ging es so richtig ab. Streit, Streit, Streit.

Was bekamen wir davon konkret mit?

Nicht viel.

Dass unser Vater ein Hallodri war, wie Mama ihm das mal in einer ihrer Auseinandersetzungen vorgeworfen hatte?

Dass er sich finanziell immer übernommen hatte und sich einen Dreck um die Familie kümmerte?

Dass er Geld aus dem Fenster rauswarf?

Dass er sich umorientiert hatte, was immer das hieß? Mama traute sich lange nicht, das Wort Geliebte auszusprechen.

Hannah und ich schauten uns, wenn wir den Streit mitbekamen, höchstens von der Seite an. Es kam vor, dass wir verschämt grinsen mussten. Manchmal standen Tränen in Hannahs Augen. Das konnte ich gar nicht gut haben. Ich wandte mich dann ab und musste auch fast heulen. Ich wollte das gar nicht.

Dann, als das mit der Scheidung anstand und Mama entschlossen war, die Sache durchzuziehen, war sie gefasst. So schnell wie möglich wollte sie das alles hinter sich bringen. Von ihm, unserem Vater, war sowieso nichts zu holen. So wie ich das verstand, hatte er noch nicht mal für die Zukunft gesorgt. Für das Alter. Es gab groß nichts, was aufzuteilen gewesen wäre. Selbst wir Kinder nicht. Er soll gesagt haben, dass wir in Zukunft nur noch Mama gehören würden.

Schöner Vater.

Irgendwie tat es mir trotz allem weh.

Wir saßen noch in der Wohnung, die verkauft werden sollte. Es war nicht einfach, sie loszuwerden, und es kamen immer wieder Leute zur Besichtigung. Mann, das nervte vielleicht! Und diese Absagen! Viele Leute steckten nun ihre Nasen in unser Leben, in Hannahs und mein Zimmer zum Beispiel, und dann zogen sie ab. Ohne sich je wieder zu melden.

Die Zeit wurde knapp. Ich verstand, dass die Bank auf die Kreditraten wartete.

Endlich schien es zu klappen. Auch diese Leute, die sich für die Eigentumswohnung sehr interessierten, konnten das Geld nicht aus dem Ärmel schütteln.

Wir drückten die Daumen. Hannah und ich, ohne zu wissen, wie es später weitergehen würde. Wir waren ziemlich blöd, aber wir dachten, das müsste Mama irgendwie regeln.

Mama meinte, sobald die Zusage von der Bank der Käufer vorliege, würde sie sich bei uns melden. Damit wir mit dem Daumendrücken aufhören könnten.

»Ja, Mama«, sagte ich. »Egal, wo ich bin, ruf mich an.«

Wozu hatte ich denn sonst das Handy?

Natürlich hatte ich mein Handy nicht ständig an. Während des Unterrichts war es sowieso verboten. Hannah, die zwei Klassen tiefer war, also in Klasse vier, war schon mal so schusselig gewesen, ihr Telefon anzulassen, und irgendeine Freundin hatte ihr gesimst. Es ist nicht einmal passiert, sondern drei-, viermal. Da wurde das Handy von ihrer Klassenlehrerin konfisziert und nur mit entsprechenden nachdrücklichen Hinweisen an Mama persönlich ausgeliefert. Es war peinlich, aber nicht für Hannah. Sie hatte nur mit den Schultern gezuckt. Mama hatte sich auch nicht sonderlich aufgeregt. Sie hatte eben andere Sorgen.

Mein Handy war meistens nicht an, nur wenn es mir gerade mal einfiel. Manchmal auch in den Pausen. Falls mal irgendetwas sein sollte, wie Mama sich ausgedrückt hatte. Ich hatte mir die Warterei auf irgendwas schon von ihr abgeguckt.

An diesem Tag, den ich natürlich nie vergessen werde, an diesem Montag, schaltete ich mein Handy in der zweiten großen Pause an. Vielleicht auch nur, um ein wenig vor Liv anzugeben. Sie war meine Freundin zu der Zeit, habe ich ja schon angedeutet.

Mein Handy piepste zweimal.

Hups.

Ich war ziemlich überrascht, dass jemand auf die Mailbox gesprochen hatte. Es war Mama gewesen.

»Julia«, hatte sie gesagt, und zwar ein wenig aufgeregt. »Ich kann Hannah auch nicht erreichen.«

Dann hörte ich nur so ein komisches Geräusch, als halte sich jemand am Handy fest, so ein knirschendes Geräusch, als wäre das Handy schon fast am Auseinanderbrechen. Auf einmal aber Schluss.

Liv musste gesehen haben, dass ich ziemlich verdattert ausgesehen hatte.

»Ist was?«, fragte sie. »Was ist los, Süße?«

Ich zog die Schultern hoch und sagte: »Meine Mutter«, und: »Ja, irgendwas ist wohl los.«

Ich sah mich auf dem Schulhof nach Hannah um. Die Grundschule, in die sie ging, befand sich auf dem gleichen Schulkomplex, und hin und wieder sahen wir uns auf dem Pausenhof.

»Hey.«

»Hey.«

Ich konnte meine Schwester in diesem Moment aber nicht entdecken und versuchte sie per Handy zu erreichen. Blöd von mir, weil Mama das ja schon probiert hatte. Und Hannah war nach der Sache mit der Beschlagnahme sowieso vorsichtiger geworden.

Mama hatte nicht gesagt, was los sei. Deshalb rief ich zu Hause an.

»Ja …«, sagte Mama. »Gut, dass du anrufst.«

Dann hörte ich sie nur schnaufen.

»Was gibt es, Mama?«, fragte ich.

Ich versuchte, ganz gelassen zu sein. Ihr war ja wohl

nichts passiert, also meinte ich, es könne gar nichts Schlimmes sein.

Und so war es denn eigentlich auch.

»Es hat geklappt«, sagte Mama schließlich. »Die Finanzierung steht. Die Wohnung ist damit verkauft. Und jetzt ist endlich Schluss, Schluss, Schluss mit allem.«

Boah!

Sie fuhr fort: »Ich dachte, ihr solltet es gleich wissen.«

»Ja, Mama«, sagte ich. »Das ist doch prima.« Und mir war ganz leicht ums Herz. »Ich sag Hannah auch gleich Bescheid.«

»Mach das«, sagte Mama.

Im Innersten dachte ich, dass jetzt alles gut und in Ordnung sein würde. Wir hatten keinen Grund, unglücklich zu sein.

Ich lief schon bei Ende der großen Pause hinüber in die Grundschule und holte meine Schwester aus dem Klassenzimmer. Die nächste Unterrichtsstunde bei ihrer strengen Klassenlehrerin fing pünktlich auf die Sekunde bereits an.

»Ist es denn wichtig?«, fragte Hannahs Lehrerin.

Ja, was hatte sie sich denn gedacht.

Hannah schaute mich mit weit aufgerissenen Augen an. Vor der Klasse wollte ich ihr nicht beibringen, dass wir unsere Wohnung los waren. Das war weder eine Katastrophe noch eine weltbewegende Sache. Nur … wir hatten so lange darauf gewartet. Deswegen war es wichtig.

Ich erzählte es Hannah rasch im Schulkorridor.

Und dann mussten wir uns mit unserer Freude gedulden, bis zum Ende der Unterrichtsstunden.

Ich wartete draußen vor den Fahrradständern auf meine Schwester.

Na, nun komm schon, Hannah!

Dann strampelten wir nach Hause. Es war, als wäre alles, was mit unserem Vater zusammenhing, erledigt. Aus und vorbei. Eigentlich waren wir darüber sehr, sehr froh.

Ich sah mich auf dem Fahrradweg nach Hannah um. Wir lächelten uns an. Manchmal hatten wir dieselben Gefühle, das wusste ich. Wir sahen uns auch ähnlich. Ein bisschen haselmausig.

Unser Aussehen hatten wir von Mama mitbekommen. Zum Glück. Wir wollten nicht so sein wie unser Vater, nicht innen drin und nicht äußerlich.

»Los, mach schon«, sagte ich und fuhr schneller und schneller.

Wir radelten hintereinander her, ich vorneweg. Nicht umdrehen, dachte ich, die Zukunft liegt vor uns.

Ich hatte keine Ahnung, was noch alles vor uns lag.

Hannah und ich hatten erwartet, dass Mama nun aufatmen würde. Sie war ja nicht allein, sie hatte uns, und uns hatte sie schon immer gehabt, jedenfalls von unserer Warte aus.

Sie sah jetzt aber nachdenklich aus. Sie grübelte. Und endlich rückte sie damit heraus, dass wir unser Leben doch sehr verändern müssten, weil …

Weil unser Vater so großspurig aufgetreten war, zumindest nach außen hin. Eine andere Vierzimmerwohnung würden wir uns nicht leisten können. Mama könnte sie gar nicht bezahlen. Sie hatte in den letzten Jahren nicht gearbeitet, weil unser Vater ihr das nicht gestattet hatte.

Und was nun?

»Und was nun?«, rief auch Liv ins Telefon, als ich ihr die Neuigkeiten berichtete.

Hannah lümmelte sich vor mir auf dem Boden. Sie meinte wohl, sie würde was mitbekommen, sie dachte wahrscheinlich, ich wüsste mehr als sie, nur weil ich eineinhalb Jahre älter war als sie. Manchmal spielte der Altersunterschied bei uns eine große Rolle, manchmal aber auch nicht.

Mama jedoch hatte keinen richtigen Plan, wie es weitergehen würde. Wir hingen irgendwie in der Luft.

»Ich seh das schon kommen, dass ihr ganz wegzieht«, sagte Liv.

»Ach nee … ja, meinst du … ach nee«, sagte ich. »Kann ja nicht sein, wohin denn und überhaupt …«

Wir mussten über kurz oder lang aus unserer Wohnung ausziehen. Von dem Verkaufserlös wurden die Schulden bezahlt. Da würde nichts überbleiben. Ich hatte darüber gar nicht nachgedacht. Es war Mamas Sache. Oder auch noch die von unserem Vater. Keine Chance, in der Wohnung bleiben zu können. Es war ziemlich doof, dass ich mir nicht schon vorher Gedanken gemacht hatte.

Mama rechnete und rechnete, telefonierte viel und sah wieder sorgenvoll aus, aber anders als vorher. Sie stülpte sich kein Lächeln über ihr Gesicht wie früher, als sie das uns zuliebe meinte tun zu müssen. Sie sah jetzt wie sie selbst aus. Wie jemand, der ein konkretes Problem hat, das gelöst werden muss.

Und dann kam es raus.

Sie sagte uns das mit einem sehr strengen Gesichtsausdruck, der keinen Widerspruch duldete. Sie versuchte sich gegen uns zu wappnen, aber Hannah und ich hatten ja keine andere Lösung. Wir waren weit entfernt davon, erwachsen zu sein.

»Wir werden in das Haus von eurem Großvater ziehen«, sagte Mama.

Und weil wir nur stumm dasaßen, Hannah wieder auf dem Boden, die Hände hinter ihrem Rücken abgestützt, fuhr Mama fort, ihren Entschluss zu begründen. Sie redete und redete.

»Ich wollte nie wieder dorthin zurück«, sagte sie. »Ihr kennt euren Großvater so gut wie gar nicht. Ja … gar nicht. Und ich konnte all die Jahre nicht dorthin zurückkriechen. Meinem Vater könnte ich viel vorwerfen, wenn er auch recht behalten hat.«

Wir sahen Mama weiterhin stumm an.

»Na ja«, sagte sie. »Er hat euren Vater als Hallodri bezeichnet. Er wollte, dass ich ihn gar nicht heiratete, und dann so schnell die Kinder, eins nach dem anderen, ich meine, euch beide, aber Hallodri ist ja schon ein starkes Stück, das konnte ich mir nicht gefallen lassen.«

Mir fiel ein, dass sie unseren Vater jedoch eines Tages genauso genannt hatte, *Hallodri*, und damit diesem Großvater, den ich nicht kenne, beigepflichtet hatte. Und jetzt musste sie ihm gegenüber klein beigeben, oha, schon bei der Vorstellung alleine bekam ich Bauchschmerzen. Bauchschmerzen … die würde Mama auch haben.

Der Vorschlag von Mama, ihre Entscheidung, machte mich sprachlos. Hannah sah mich an, aber dieses Mal mussten wir nicht lachen.

Wie würde das gehen? Einfach so ins Haus von Mamas Vater ziehen, als ob all die Jahre nichts gewesen wäre? Zu diesem Großvater? Die Großmutter, das wussten wir, war ungefähr dann gestorben, als Mama ihr Elternhaus verlassen hatte. Mama hatte damals wohl keine Zeit, richtig traurig zu sein. Sie war mit unserem Vater beschäftigt, und dann war ich schon unterwegs. Kaum war ich auf der Welt, war sie mit Hannah schwanger. Ganz schön heftig, stelle ich mir vor. Und schließlich hatte sie genug mit unserem Vater auszuhalten, mit seinen … soll ich sagen … Geschäften?

Dieses Haus, das vom Großvater, befand sich in einer ganz anderen Stadt, weit, weit weg.

Ich musste mit Liv telefonieren.

»Neue Stadt? Neue Schule?«, fragte sie. »Scheiße, Scheiße, Scheiße.«

»Was sagt sie?«, wollte Hannah wissen.

Ich formte das Wort mit meinen Lippen, während Liv weitersprach.

»Und wo ist das da, wo ihr hinziehen werdet … was? … Manno. Hör mal, du bist meine beste Freundin, wie soll denn das gehen … wenn ihr nicht mehr da seid?«

Ich dachte, wir bleiben auf immer und ewig Freundinnen, das war so vorprogrammiert, aber … wie sollte das gehen?

Ich verstand erst in diesem Moment, dass sie den Nagel auf den Kopf getroffen hatte.

Neue Stadt.
Neue Schule.
Scheiße, Scheiße, Scheiße.

Dann kam dieser Tag, der alles veränderte. Er kam viel zu schnell. Alles hopplahopp. Packen, Umzug, Abschied nehmen.

Hannah und ich würden in eine neue Schule kommen, ich wollte gar nicht dran denken. Das würde der reinste Horror werden. Ich war an meine Schule gewöhnt, an die ganze Klasse, an Liv. Die Bauchschmerzen fingen schon an. Ich hatte sie die ganze Zeitlang auf der Fahrt in diese fremde Stadt. In dieses fremde Haus. Zu diesem fremden Großvater.

2

Auf dem Schulhof dröhnte Musik. Ich dachte zuerst, dass irgendein Schüler so ein tragbares Gerät mitgebracht hätte und irgendein Lehrer gleich ausflippen und ein striktes Verbot aussprechen würde. Ich stellte mir das vor bis hin zur Beschlagnahme. Wenn sie schon Handys an Schulen einsammelten!

Aber dann sah ich die Lautsprecher an der Überdachung, aus denen Eros Ramazzotti mit *Non siamo soli* dröhnte.

Was war denn das für eine komische Schule?

Mama hatte uns bis zum Schulkomplex begleitet, und Hannah und ich drängelten uns durch bis zum Sekretariat. Meine Schwester wurde dann aber gleich in einen anderen Schultrakt geschickt, doch ich sollte noch zum Direktor.

Ich sah Hannah nach, wie sie da an der Seite von irgendeinem Typen, der ihr den Weg zeigte, über den langen Flur schlich. In so einem Moment ist jeder allein. Hannah sah sich an der Ecke nach mir um. Vielleicht würden wir jetzt wieder rausprusten, dachte ich eine Sekunde lang, aber nee, die Situation war uns zu nahe, und dann war Hannah auch verschwunden.

Der Direktor trug einen lilafarbenen Pullover und lief an Krücken, die waren türkis. Er bedeutete mir, dass meine Klassenlehrerin noch eine Minute zu tun hatte, bevor sie mich abholen würde.

»Und?«, sagte er und zeigte mit einer Krücke aus dem Fenster. »Was sagst du zur Musik?«

Ich zuckte mit den Schultern und dachte nur, dass mein Großvater nie im Leben an so einer Schule Direktor gewesen sein konnte, nicht an so einer.

»Wir wollen frischen Wind in die Schule bringen«, sagte der Direx. »Ich bin ganz stolz darauf, und ich suche die Musik selber raus. Vorige Woche ließen wir *All Summer Long* laufen und all das andere aus dem Album. Korrigiere mich, wenn ich da was verwechsle, ich meine, aus dem Album *Rock n Roll Jesus*.«

Wie sollte ich den Direx verbessern, er war besser informiert als ich, ich hatte ja *andere Sorgen* gehabt.

»Nächste Woche überlege ich, ob wir *Bushido* bringen«, fuhr der Direktor fort, »aber das würde vielleicht ein bisschen zu weit gehen. Einige Eltern werden Bedenken anmelden.«

Er schaute auf die Uhr.

»Wo bleibt sie denn?«, fragte er.

Ich zuckte mit den Schultern, was sollte ich auch sonst tun.

»Frau Mertens kümmert sich liebevoll um ihre Schüler«, sagte er. »Wenn wir Ende des Schuljahrs unser Jubiläum feiern, haben wir für sie was Besonderes vor. Und jetzt verrate ich dir ein Geheimnis.«

Er hob wieder die Krücke an und tippte mir mit dem Gummipfropfen unten am Stock an die Schulter.

»Nicht weitersagen, das ist die Sache mit meinem Unfall. Frau Mertens denkt, ich habe mir die Haxe beim Fußballspiel verletzt.«

Er sah mich ganz verschmitzt an. Ich wusste nicht, was ich von ihm halten sollte.

»Sie soll das weiterhin glauben, aber es ist so, dass wir eine Überraschung für sie haben. Sie wird fünfzig. Ein halbes Jahrhundert ist doch sozusagen ein unerwartetes Geschenk wert, nicht wahr? Wir führen ein Männerballett auf! Aber pschschsch!«

Jetzt kam der Direx ganz nah an mich heran. »Leider ist bei mir schon nach drei Tanzschritten die Achillessehne gerissen.«

Er war köstlich amüsiert, und sein Atem fuhr mir direkt ins Gesicht. »Jetzt tanzt das Ballett ohne mich.«

Da endlich betrat meine neue Lehrerin ohne anzuklopfen das Direktorenzimmer.

»Sorry«, sagte sie. »Bin aufgehalten worden.« Sie sah den Direktor mitleidig an.

»Wir haben uns gut unterhalten«, sagte der und zwinkerte mir zu.

Frau Mertens zog die Augenbrauen hoch, als sei sie genervt, aber es wirkte wie gespielt. Auf dem Flur meinte sie mich aufklären zu müssen.

»Wir sind eine sehr moderne Schule«, sagte sie. »Zum Beispiel mischen wir uns nicht ein, wenn die Schüler untereinander Stress haben. Ihr sollt lernen, das selber zu regeln. Modern ist auch unser Direktor. Er spielt in seiner Freizeit noch Fußball. Aber das sollte er in seinem Alter endlich unterlassen.«

Sie schüttelte den Kopf, sah aber ganz amüsiert aus. »Achillessehne«, fügte sie hinzu und wies beim Marsch durch den Flur mit dem Kopf kurz auf meine Füße, als hätte es mich getroffen.

»Aha«, sagte ich.

Ich wusste, dass es sowieso peinlich ist, wenn man *die Neue* ist.

Sobald wir das Klassenzimmer erreicht hatten, sollte ich vorne stehen bleiben und mich vorstellen.

»Ja … wir sind umgezogen … und … ja … jetzt bin ich hier«, begann ich.

Frau Mertens, die in dieser Klasse Deutsch und Geschichte unterrichtete, sah mich mitleidig an.

»Bitte fahre fort«, sagte Frau Mertens.

Was sollte ich noch sagen? Da waren an die zwanzig, fünfundzwanzig Gesichter vor mir, von denen ich kein einziges kannte. Links saßen die meisten Mädchen. Fast alle hatten die gleiche Frisur, lange Haare, die hinten mit einem bunten Gummiband zusammengehalten wurden. Mir fiel es auf, weil ich eine Haarklammer aus gemasertem Büffelhorn trug, die aber leider meistens auch nicht festsaß.

Halstücher schienen bei den Mädchen dieser Klasse ebenfalls modern zu sein, schwarz-weiß gemustert, buntgestreift, mit Fransen.

Auf der rechten Seite waren die Jungs. Ich las die Aufdrucke auf ihren Sweatshirts, als hätte ich nichts Besseres zu tun. *Hip Hop* und *Street Beach* und *Athletic Basecamp.*

Ganz hinten auf den Plätzen saßen wohl die doofen Mädchen und die Jungs, die mit niemandem befreundet waren.

Ich wollte auf keinen Fall neben einem dieser Jungs sitzen und auch auf keinen Fall neben einem doofen Mädchen. Ich hatte bisher immer neben Liv gesessen. Ich vermisste sie in diesem Moment sehr.

Außenseiter oder doof zu sein, ist wie eine ansteckende Krankheit. Es ist schlimm genug, neu in eine Klasse zu kommen. Und wahrscheinlich interessierte sich hier sowieso keiner für mich.

»Wir wohnen bei meinem Großvater in der Holbeinstraße«, sagte ich noch.

Mir war wirklich nichts Besseres eingefallen, und die Gesichter vor mir waren ziemlich leer. Hätte ich geahnt, was dann kam, dann hätte ich IHN gar nicht erwähnt. Ich hatte den falschen Satz gesagt, wusste ich im nächsten Moment.

»Ihr Großvater ist übrigens früher unser verehrter Herr Oberstudiendirektor gewesen«, sagte Frau Mertens.

Mir fiel der Kinnladen runter. Das hatte ich ja noch nie gehört.

Warum hatte mir das keiner vorher gesagt?

Und irgendwie konnte ich IHN mir als Direktor dieser Schule nicht vorstellen. Er war das Gegenteil von dem lila Direktor mit den türkisfarbenen Krücken.

Als Frau Mertens diese Info losgelassen hatte, wurde es in der Klasse einen Moment lang unruhig. Dass ER an dieser Schule Direktor gewesen war, schien einige zu beeindrucken. Mir war das unangenehm.

Aber das war noch nicht alles an Peinlichkeit.

»Vielleicht sagst du uns noch, wie du heißt?«

Ach ja. Das hatte ich vergessen. Ich glaube, damit hätte ich beginnen sollen.

»Ich heiße Julia«, stieß ich aus.

Schlagartig fingen alle, aber auch alle in der Klasse irrsinnig an zu lachen, selbst die doofen Mädchen. Ich hatte keine Ahnung, warum. Mein Name ist ja nicht komisch. Die schrien ja richtig vor Begeisterung, als hätte ich einen Witz gemacht. Ich stand da wie bescheuert.

Frau Mertens schmunzelte auch. Die halbe Klasse hatte sich nun umgedreht und sah einen Jungen in einer der hinteren Reihen an.

In diesem Moment sah ich alles um mich herum nur verschwommen. Aber ich konnte erkennen, dass dieser Junge dichte, lockige Haare hatte, braun oder aschblond, und er trug ein weißes Polohemd mit was drauf, das war wohl so ein Krokodil. Sonst keine Aufschrift, nur das Krokodil. Markenhemd, das wusste ich.

Obwohl ich ihn nur kurz mit meinen verschwommenen Augen anschaute, sah ich irgendwie schon, dass er gut aussah. Viel zu gut, um locker zweimal hinschauen zu können.

Er schien über die Situation auch nicht sonderlich begeistert zu sein. Er verdrehte nur gelangweilt die Augen.

Was gab es zu lachen?

Ich wartete darauf, aufgeklärt zu werden, und verlagerte inzwischen mein Gewicht von einem Bein aufs andere. Ich hatte das Gefühl, tausend Kilo zu wiegen.

Als die Klasse sich halbwegs beruhigt hatte, sagte Frau Mertens: »Julia ... Wir haben einen Romeo in der Klasse.«

Da ging das Gekichere und Gekreische schon wieder los und jemand rief: »Romeo und Julia. Das ist ja irre, das ist ja der reinste Brüller!«

Sie fanden das alles sehr witzig.

Ich nicht. Ich dachte, ich müsste auf der Stelle tot umfallen.

Ich kannte die Sache mit *Romeo und Julia* nicht so richtig, eigentlich gar nicht, ich dachte, es wäre nur eine Art Redewendung, vielleicht wie *Adam und Eva* oder *Kasper und Gretel*.

Aber mir dämmerte es plötzlich, dass hinter *Romeo und Julia* eine Geschichte steckte, ja, die hatten, glaubte ich, was miteinander.

Dass die ganze Klasse mich und diesen Jungen irgendwie zusammenbrachte ... deswegen war das damals der schlimmste Tag in meinem Leben.

Ich sollte mich irren.

Es sollte noch ein Tag kommen, der schlimmer sein würde.

Romeo tat so, als würde ihn die ganze Angelegenheit nicht interessieren.

Na gut.

Und ich hoffte, dass ich mich nach dieser irrwitzigen Einlage gleich irgendwohin setzen könnte und damit aus der Schusslinie geraten würde.

Frau Mertens schickte mich auf den freien Platz neben einer gewissen Swantje. Eigentlich ein schöner Name, aber Swantje gehörte zu den Doofen, richtig geraten, das heißt, eher zu den Stillen. Das ist nicht dasselbe, aber der Eindruck ist der gleiche. Man würde nicht mit ihr angeben können, aber vielleicht denke ich auch nur, dass man schöner wird, wenn man mit schönen Leuten zusammen ist.

Swantje hatte ein blödes Puddinggesicht, eiförmig, so wie die Madonna auf mittelalterlichen Marienbildern, solche Bilder fand ich schon immer grässlich. Wie sich später herausstellte, wohnte sie leider bei uns schräg gegenüber.

Neben dem Tisch, an dem Swantje und ich saßen, war ein freier Gang und dann kam sofort der Platz von Romeo. Ich hatte also keine Lust, nach links oder nach rechts zu schauen. Immer nur geradeaus, immer nur auf die Lehrer. Wie eine richtige Streberin.

Nach Schulschluss flüchtete ich vom Schulhof.

Der Direx hatte wieder das Band mit Eros Ramazzotti laufen, *Cose della vita*, und ich summte mit, als die Stelle mit Tina Turner kam, *Can't Stop thinking of you*.

Wie lange ließ der Direx das laufen? Bis der Schulhof leergefegt sein würde?

Mein Großvater Dinosaurier würde sich im Grabe umdrehen, wenn er wüsste, was aus seiner Schule geworden war. Aber er lebte ja noch, halbwegs.

Ich wollte stur an einem Trupp Jungs aus der Klasse vorbeigehen und in Richtung Holbeinstraße laufen, in der ich nun wohnte. Ich war so blöd, die Jungs anzuschauen, die mich anfeixten. Sechste Klasse – aber sie benahmen sich wie kleine Kinder, pah. Ich sollte das alles nicht so ernst nehmen, aber es machte mir was aus.

Es machte mir auch was aus, dass Swantje versuchte, neben mir herzutrotten. Sie hatte ja denselben Weg nach Hause. Aber ich konnte sie nicht leiden.

Kaum war ich zu Hause, fragte ich sofort Mama, warum sie mir das mit dem Großvater nicht gesagt hätte.

»Es ist doch egal«, sagte sie. »Erstens musst du so oder so in diese Schule gehen, und zweitens ist er gar nicht mehr Direktor, er ist a. D.«

Was?

»Außer Dienst.«

»Trotzdem!«, rief ich aufgebracht. »Weißt du, wie blöd ich dagestanden habe? Ich, die Enkeltochter vom

Schuldirektor a. D. oder wie auch immer, a. D. … ja, aber immer noch bekannt.«

In dem Moment wurde mir klar, warum mich der lila Direx ins Vertrauen gezogen hatte. In die Sache mit seiner Achillessehne. Ich gehörte sozusagen auf die andere Seite, auf seine Seite.

Auch das noch.

Dabei wollte ich nichts anderes, als auf der richtigen Seite sein. Aber alle Lehrer würden nun ein besonderes Augenmerk auf mich legen. Schleimscheißer, würden die aus meiner Klasse denken.

Und dann noch die Sache mit Romeo.

Ich musste Liv anrufen, ich musste sie gleich anrufen.

»Hallo«, sagte Liv, »na, wie war's denn, Süße?«

»Na, wie soll es schon gewesen sein? Schrecklich. Entsetzlich. Nur blöde Zicken und alberne Jungs«, sagte ich und wollte munter klingen.

»Mir haben sie jetzt auch so einen Blödmann neben mich gesetzt«, sagte Liv. »Dein Platz ist ja frei geworden. Da haben sie mir Ralfie sozusagen zur Seite gestellt. Weißt du doch, Ralfie, der immer in den harten Kern aufgenommen werden will, wie dieser dumme Kerl bei den Zwergen, der nicht mitmachen darf, das weißt du doch noch, wie in diesem Film.«

Natürlich wusste ich das noch.

Den Film hatte uns Mama mal spendiert, Liv und mir, und Hannah hatte einen Weinkrampf bekommen, weil sie mitwollte, wir sie aber nicht mitnahmen und Mama mit ihr deshalb am nächsten Sonntag in *Hui Buh, das Schlossgespenst* gegangen war.

Den Sonntag habe ich auch nie vergessen. Ich hatte nämlich mit Liv telefoniert, Mama und Hannah waren im Kino, und da hörte ich draußen, wie jemand in die Wohnung wollte, und das konnte nur mein Vater sein.

Irgendwie hatte ich Schiss. Ich wusste ja nicht, wie ich mit ihm umgehen sollte. Die paar Mal, die er sowieso zu Hause war.

Ich wollte mich auch nicht ausfragen lassen, wie geht es dir, was machst du so. Ich wusste, wie er dann uninteressiert den Blick von meinem Gesicht schweifen und die Augen im Zimmer umherwandern lassen würde, das kannte ich ja von den paar Malen.

Ich war unter mein Bett gekrochen, »pscht«, sagte ich noch zu Liv, und dann schaltete ich das Handy aus.

Er hatte dann nicht mal in alle Zimmer geschaut, ob nicht doch jemand zu Hause wäre, nicht mal das.

Später kamen Mama und Hannah, und dann gab es Streit, wieder einmal, und meine Schwester kam ins Zimmer und ich unter dem Bett hervor. Da mussten wir wieder grinsen.

Dieser Tag war kurz nach Weihnachten, und das war dann auch das letzte Mal, dass er … dass mein Vater aufgetaucht war. Dann war sowieso Schluss. Ende der Fahnenstange.

Hannah fand den Film total doof, weil Hui Buh im Film nicht so aussah wie Hui Buh auf der Kassette.

Dadurch, dass Liv mich an Ralfie erinnerte, war ich in Gedanken abgeschweift, aber Liv redete und redete, über Ralfie und darüber, dass ein Krankenwagen vor der Schule aufgetaucht war, weil irgendjemand in Ohnmacht gefallen war, und wann würden wir uns denn wiedersehen.

Keine Ahnung.

Alles war plötzlich schon so weit weg.

Aber dann erzählte ich ihr doch von diesem Jungen, der in der Klasse in meiner Nähe saß und den ich nur einmal angesehen hatte und bestimmt nicht ein zweites Mal anschauen wollte.

Wenn ich nicht darüber gesprochen hätte, wäre ich dran erstickt. Ich sagte nur, dass er der Einzige war, an den ich mich noch erinnerte. Nach dem heutigen Tag.

»Witzig«, sagte sie. »Dass du dich ausgerechnet nur an einen Jungen erinnerst.«

»Quatsch«, sagte ich. »Ich könnte dir auch was über Swantje erzählen, aber die kannst du einfach vergessen.«

»Nicht dass du *mich* vergisst«, sagte Liv. »Wegen deiner Swantje und wegen diesem Jungen. Das würde ich dir nämlich nie verzeihen. Ich will deine einzige und echte Freundin bleiben, für immer und ewig. Schwöre also.«

»Ich schwöre«, sagte ich.

»Ja … und?«, fragte sie dann. »Und was ist mit dem?«

»Mit wem?«

»Mit diesem Jungen? Wie heißt er?«

»Romeo.«

»Oh«, sagte sie und lachte schrill. »Das ist ja krass. Das ist ja der reinste Brüller.«

»Hör auf!«, rief ich ins Telefon. »Woher hast du das? Wie kommst du auf so ein Wort?«

Das hatte ich doch heute schon mal gehört. War das jetzt so was wie eine Epidemie?

»Du, das hat neulich mal jemand in so einem Film gesagt, das ist doch ein echt cooler Ausdruck, den habe ich mir gleich gemerkt. Siehst du, und schon kann ich den anwenden. Das passt doch, aber hundertpro.«

Ach, Liv.

»Das ist doch der Hit, Süße, ausgerechnet Romeo, ausgerechnet Romeo!«

Ja, schon gut.

»Aber dass du mir nicht untreu wirst, meine Liebe, Romeo hin, Romeo her, uns verbindet eine wahre Freundschaft. Schwöre es.«

»Ich schwöre.«

Schon wieder!

»Ich mache ja nur Spaß«, sagte Liv. »Ich bin wahnsinnig eifersüchtig. Kein Romeo, kein nichts! Und in den Osterferien besuchen wir uns. Abgemacht?«

»Abgemacht«, sagte ich.

Ich konnte sie mir hier aber nicht vorstellen, nicht in diesem Haus.

»Schwöre es!«

Warum sollte ich eigentlich so viel schwören?

Hannah war es an ihrem ersten Tag nur wenig besser ergangen als mir. Sie lispelt manchmal, wenn sie sehr aufgeregt ist. Wenn sie es selber merkt, sagt sie gar nichts mehr.

So ist es wohl in ihrer Klasse gewesen. Man wird sie nur angeglotzt haben, das reicht manchmal, um sie verstummen zu lassen. Lustig ist so was nicht.

»Die Lehrerin hat mich vorgestellt«, erzählte sie.

»Und dann?«

»Dann nichts.«

Und jetzt wollte sie auch nichts weiter sagen.

Mama machte ein mitfühlendes Gesicht. Sie konnte

meiner Schwester nicht helfen. Und mir auch nicht. Sie war nicht einmal fähig, sich selber zu helfen. Es war zu blöd, dass ihr nichts anderes eingefallen war, als zu ihrem Vater zurückzuziehen. Nun war sie auf ihn angewiesen. Und Hannah und ich auch.

Er wollte nicht, dass wir einen eigenen Telefonanschluss unten installiert bekamen. Er meinte, sein Anschluss oben im Treppenhaus sollte genügen.

Und was war mit Computer?

Ach, im Moment sowieso nichts, weil wir nicht genug Geld hatten. Mama ging in ein Internetcafé, um sich über Jobangebote zu informieren, und ER brauchte kein Internet. ER hatte seine Bibliothek oben, in der er sich fast immer aufhielt. Und seine Kakteensammlung und den Christusdorn im Wintergarten.

Seinetwegen durften wir im Haus auch nicht laut sein. Wir hatten keinen Grund laut zu werden, es reichte schon, dass einer von uns nachmittags, wenn wir Hausaufgaben machten, dem anderen einen Radiergummi an den Kopf warf, mehr aus Spaß als aus Ärger.

»Manno!«, war zu der Zeit unser Lieblingsausdruck.

»Manno! Bist du blöd?«

Wir flüsterten nicht gerade. Aber schon klopfte es von oben. Es musste das Heizungsrohr sein, an das er schlug.

Jeden Tag klopfte er. Wir machten ein Spiel daraus. Wir wollten raten, mit was für einem Gegenstand er an das Heizungsrohr schlug.

»Manno!«

Es konnte was Metallisches sein. Vielleicht, wenn er in seiner Bibliothek oben am Schreibtisch saß, lag eine Schere in Reichweite. Oder ein Brieföffner.

»Bist du doof, Mensch!«

Oder er hatte was Hölzernes in der Hand.

Metallisch?

Hölzern?

Es war ein Holzlineal mit einer Metallschiene zur Verstärkung. Ich habe das später mal gesehen. Das Lineal lag immer griffbereit.

»Er kann Geschrei nicht aushalten«, sagte Mama. »Ich glaube, er hat das sein Leben lang gehasst.«

Manno! Dann hätte er nicht Lehrer werden sollen!

Also gingen wir öfters in den Garten.

Wir hatten nicht viele Ideen, was man draußen machen konnte. Nur so zu zweit. Es war immer noch kalt. Wir standen blöd herum oder schlugen mit abgebrochenen Ästen auf die gefrorenen Blätter. Wir hatten nur uns und redeten über die Schule, die Lehrer und die Mitschüler. Wir hechelten alle durch. Meine Klasse, die ganzen blöden Ziegen, Eileen und Anna und Tabea, und die dummen Jungs, allen voran den bescheuerten Carl. Dann noch Bastian und Wadim.

Ich musste loswerden, was jetzt noch geschehen war. Dass irgendjemand *Julia und Romeo* an die Tafel geschrieben hatte.

Hannah riss, als ich ihr die Sache erzählte, die Augen auf und zog ihre Unterlippe ein. Ihr ging es in der neuen Schule inzwischen schon viel besser als am ersten Tag, ich sage mal *Gott sei Dank*, ich hatte keinen Nerv, mich auch noch auf ihre Probleme einzustellen.

»Kannst du denn nicht an der Schrift erkennen, wer der Blödmann war?«, wollte sie wissen.

Blödmann? Es konnte ja auch eine von den doofen Ziegen gewesen sein. Außer Swantje, die still und stumm mit ihrem Madonnengesicht an meiner Seite saß und sich auf dem Nachhauseweg immer in meiner Nähe befand.

»Manno, ich kenn doch nicht die Handschriften.«

Keine Ahnung, wer so schrieb, riesengroße schnörkelige Buchstaben, über die ganze Tafel und die beiden Flügel verteilt! Und dann waren da auch noch Blumenranken drum herum gezeichnet. Rosen.

Ich war im Boden versunken. Ich traute mich nicht, Romeo neben mir anzuschauen. Obwohl ich so einen Zwang spürte, doch hinüberzublicken. Seit dem ersten Tag hatte ich ihn überhaupt nicht mehr angesehen. Oder … wenn ich mir gegenüber ehrlich sein sollte … nur sekundenlang.

Frau Mertens warf, als sie den Klassenraum betrat und das Geschmiere und Gekliere auf der Tafel erfasst hatte, einen kurzen, flatternden Blick auf mich und fragte dann, an alle gerichtet: »Wer war das?«

Es war natürlich keiner gewesen. Totenstille herrschte. Und ich schaute nur vor mich hin auf die Tischplatte.

»Was hat denn das hier mit Julia und Romeo auf sich?«, fragte Frau Mertens.

»Was meinen Sie?« Das war Carl.

»Nun«, fuhr sie fort. »Was ist denn das eigentlich für eine Geschichte? Außerdem heißt es Romeo und Julia und nicht Julia und Romeo.«

»Die sind verknallt«, rief Wadim.

Ich konnte die Stimmen schon unterscheiden, auch wenn ich nicht hinsah, aber ich kannte leider nicht ihre Schrift. Aber was hätte ich denn auch gemacht, wenn ich es gewusst hätte?

Wahrscheinlich nichts.

»Die knattern doch miteinander.« Das war zweifellos Bastian gewesen.

Bastian hört sich an wie der Name für einen Hund. *Du Hund*, dachte ich, *du blöder Hund.*

»Hey, hey«, sagte Frau Mertens da, und ich zuckte

fast zusammen. Es war, als hätte sie meine Gedanken erraten.

»Drück dich mal ein bisschen anständig aus, Bastian Volkers.«

»Die sind echt schwul aufeinander«.

Brüllendes Gelächter. Ich krallte mir die Fingernägel in den Unterarm, damit der Schmerz stärker wurde als meine schrecklichen Gefühle.

»Jetzt ist genug, Kinder«, sagte Frau Mertens. »Ich glaube, ihr habt meine Frage nicht richtig verstanden. Ich meine die anrührende Geschichte einer traurig endenden Liebe zwischen zwei jungen Leuten. Romeo und Julia. Das ist ein Drama von Shakespeare.«

»Schüttelspeer«, rief Carl.

»Schlaumeier«, sagte Frau Mertens. »Also beherrscht euch jetzt mal.«

Trotzdem kicherten noch einige. Würde das denn nie ein Ende finden?

»Wer hat Tafeldienst?«, fragte Frau Mertens und schickte die beiden, die diese Woche dafür zuständig waren, an die Tafel, Bastian und Anna.

Und das war's. Ich hatte gehofft, dass irgendjemand die Sache ein für allemal klären, einen Schlussstrich ziehen würde.

Irgendjemand?

Ich meinte … eine Autorität.

War das hier *Sich-liebevoll-um-die-Schüler-Kümmern?*

Aha, wir gingen ja in eine moderne Schule.

Die Pause war eben erst zu Ende und die letzten Töne von *Blue Jeans and a Rosary* verklangen auf dem leergefegten Schulhof.

Das war meine zweite Woche in der Schule. Und Hannah davon zu erzählen, hätte ich mir auch ersparen können. Sie wusste gar nichts von Romeo und Julia. Sie verstand gar nicht, um was es ging.

Alles, was mit der Schule zu tun hatte, war heftig. Ich hatte zwei Makel. Der eine war mein Großvater a. D., der andere hatte mit meinem Namen zu tun oder eher mit diesem Jungen, Romeo. Wenn der nicht in meiner Klasse gewesen wäre, dann hätte ich es nur halb so schwer gehabt.

Ein Beispiel, wie das mit meinem Großvater war, ist Folgendes: Schrieb ich eine Zwei in Deutsch, dann tuschelten besonders die Mädchen untereinander. »Nur weil der Großvater von ihr hier Direx gewesen ist.«

Einmal hatte Romeo die beste Arbeit in Geschichte geschrieben, eine Eins minus. Meine Arbeit war die zweitbeste, eine Zwei plus. Frau Mertens hatte die Noten leider öffentlich gemacht. Romeo … Julia … das kam gleich hintereinander.

»Das passt mal wieder«, sagte Eileen. Oder war es Anna gewesen?

Es waren immer dieselben. Eileen, Anna, Tabea. Carl, Bastian und Wadim. Die musste ich am meisten aushalten.

Wie Romeo damit umging, wusste ich nicht. Ich sah nie, nie, nie zu ihm hin. Ich hatte Angst davor, ihn anzugucken. Ich fand, hinsehen würde uns irgendwie verbinden. Falls er zufällig auch gerade aufschauen würde. Ich fürchtete diesen Moment.

Frau Mertens ließ die Sache einfach laufen. Kein Machtwort. Nichts. Hin und wieder dachte ich, das wäre an der Schule meines Großvaters nicht passiert. Dann korrigierte ich mich aber schnell. Andere Sachen wären passiert. Ich dachte an sein Lineal.

Wenn ich keine gute Note schrieb – eine Vier war schon mal in Mathematik passiert –, dann hatte ich Ärger zu Hause. Mama beichtete dem Großvater. Ich weiß nicht, warum sie das tat. Nur weil er mal Lehrer gewesen war? Und Mathe und Französisch unterrichtet hatte? Was für eine Kombination! Und Direktor war er schließlich auch noch gewesen. Oberstudiendirektor. War der Dinosaurier ein Genie gewesen?

Ich würde jedenfalls nie von ihm Hilfe annehmen. Nachhilfestunden in Mathe bei IHM ... der reinste Albtraum.

Mama fühlte sich irgendwie schuldig. Wahrscheinlich weil das mit unserem Vater schiefgegangen war und ER recht gehabt hatte.

Aber was hatte ich damit zu tun?

»Deine Tochter …«, sagte der Großvater und schüttelte den Kopf. Eigentlich meinte er wohl … *seine Tochter*.

»Und das in meiner Schule«, fügte er noch hinzu.

In *seiner* Schule?

Meine Schule, meine neue Schule, war schon längst nicht mehr *seine* Schule. Obwohl er dort gar nichts mehr zu suchen hatte, sah ich einmal, wie er mit seiner hellbeigen Monsterkarre auf der Seitenstraße, wo auch der Busparkplatz mit mehreren Haltestellen liegt, am Gebäude vorbeifahren wollte. Schritttempo ist vorgeschrieben.

Normalerweise bewegte er das Auto höchstens einmal in der Woche, meistens am Sonntagmorgen, um sich die Wochenendzeitung am Bahnhof zu besorgen. Aber wieso fuhr er heute an der Schule vorbei? Aus einer Art Heimweh?

Die Unterrichtsstunden waren gerade zu Ende. Denkbar schlechte Zeit, um mit einem Auto locker durchzukommen.

Er hätte anhalten sollen.

Er hätte dort gar nicht rumkurven sollen.

Er hätte schon längst seinen Führerschein abgeben sollen.

Was machte er?

Der Pulk von Schülern, die auf der Straße schlenderten oder die sie überquerten, um zu den verschiedenen Haltebuchten zu gelangen, irritierte ihn anscheinend. Er bog ab und fuhr in den Busparkplatz hinein.

Als ich das sah, war ich wie vom Donner gerührt. Die Schüler trödelten über die Einfahrt, wo nichts, aber auch gar nichts außer den Schulbussen etwas zu suchen hatte.

Ich glaube, er hasste Schüler. Er fuhr einfach weiter. Die Schüler, die vor dem Wagen herliefen, stoben zur Seite. Aber einer schafft es nicht rechtzeitig genug. Er, ER, gab Gas und erwischte den Rucksack von dem Schüler, der sich im letzten Moment noch mit einem Sprung rettete. Der Rucksack aber flog hoch in die Luft.

Die anderen Schüler drehten sich um. Sie waren sprachlos. Aber Eileen, die mitsamt der Clique auf dem Bussteig wartete, rief: »Hey, was ist denn das für ein Idiot!«

Er fuhr einfach weiter, durch die letzte noch freie Haltebucht und von dort aus auf die Straße und weiter und fort.

Ich musste dunkelrot geworden sein. Es war furchtbar, obwohl mich keiner mit ihm in Verbindung bringen konnte. Ich schämte mich in Grund und Boden. Ich schämte mich so sehr, dass ich selbst Hannah und Mama nichts von dem Ereignis sagen konnte. Herrgottnochmal, was war mein Großvater für ein Idiot!

Ich machte alles falsch.

Weil Hannah und ich ein Zimmer teilten, wollte ich manchmal alleine sein. Hannah hatte sich schnell eingewöhnt. Nach dem ersten Horrortag in der Schule hatte sie schnell Freundinnen gefunden, mit denen sie telefonierte, so lange, bis die Handykarte leer war und sie auf den nächsten Monat warten musste. Ich konnte ihr Geschnatter nicht immer ertragen. Dann setzte ich mich mit einem Buch in den Flur auf die unterste Stufe der Treppe. An diesem Tag auch, weil es draußen regnete. Ich fühlte mich ganz wohl im Treppenhaus, mit meinem Buch und einem Stück Marmorkuchen in der Hand.

Mein Großvater kam von oben herunter. ER saß sozusagen immer auf unseren Köpfen.

»Im Flur wird nicht gelesen«, sagte er schon auf halber Treppe. »Du verdirbst dir die Augen bei dem schlechten Licht.«

Der Schein der Lampe neben mir an der Wand war tatsächlich sehr funzelig.

»Außerdem verbrauchst du unnötig Strom. Wo kämen wir da hin, wenn jeder in einem anderen Zimmer sitzt und Licht anmacht. Ich würde mir schon wünschen, dass ihr ein wenig über die Kosten nachdenkt.«

Ja, Großvater.

Aber musste ich darüber nachdenken? Ich hoffte, dass Mama darüber nachdachte. Ich hoffte, dass sie über alles nachdachte. Sollten wir den Großvater für immer und ewig aushalten? Den Dinosaurier?

Ich stand auf und seufzte.

»Du brauchst gar nicht so zu stöhnen«, fuhr ER fort. »Wenn ich die Kosten nicht im Griff behalte, gerät alles aus dem Ruder. Außerdem bitte ich dich, schon draußen vor der Haustür die Straßenschuhe auszuziehen, wenn ihr, du und deine Schwester und auch deine Mutter, ins Haus wollt. Das kannst du den beiden ausrichten.«

»Mach doch selber«, murmelte ich.

»Was?«, fragte er barsch. »Ich habe dich nicht verstanden!«

Na, dann nicht.

»Noch was«, rief er mir nach, als ich schon fast wieder an der Tür zu Hannahs und meinem Zimmer stand. »Im Flur wird nicht gegessen. Dafür ist die Küche da. Ich habe kein Verständnis dafür, dass ich noch mit einem Handbesen hinter euch herfegen und die Krümel beseitigen muss.«

Das hatte ich ja noch nie gesehen. Das machte doch immer Mama oder doch auch hin und wieder wir, wenn Mama uns darum bat.

Ich öffnete die Tür und ging ins Zimmer. Die Tür knallte ich mit Karacho zu. Mir war danach.

Uijuijuijuijuijui.

Ich wartete einen Moment lang atemlos, ob er reinstürmen würde. Aber er tauchte nicht auf.

In der Schule mussten wir bei Regen nicht nach draußen. Wir konnten uns in den großen Pausen in den Aufenthaltsraum, ins Atrium oder in die Schulbücherei zurückziehen. Bei gutem Wetter hatten wir die Wahl.

Meistens gingen die Mädchen raus. Ich hielt mich in der Nähe der Gruppe um Eileen und Anna auf. Lieber das, als neben Swantje rumzulungern. Neuerdings fuhr ich auch mit dem Fahrrad zur Schule, um sie nicht schon früh morgens am Hals zu haben.

Eileen und Co. redeten über den letzten Kinofilm, den sie gesehen hatten, über die neuesten Klamotten und über Jungs. Die Jungs, über die sie redeten, waren nicht in unserer Klasse. Die in unserer Klasse waren uninteressant. Manche waren ja kleiner als wir Mädchen. Frau Mertens hatte die Jungs beruhigt. »Ihr holt noch auf«, hatte sie mal behauptet.

An diesem Tag, der mir im Gedächtnis haften blieb, stand ich in der ersten großen Pause ziemlich wortlos zwischen den Mädchen der Klasse und hörte nur zu, wie meistens. Ein- oder zweimal versuchte ich, einen Satz einzuwerfen. Ich musste mich dazu überwinden, aber ich wusste, wenn ich nur die Klappe hielt, würde ich nie ein Teil der Klassengemeinschaft werden. Einen Satz sagen – das war wie ein Hürdenlauf.

Ich sagte, wie ich Michael Douglas fand.

Mann!

Michael Douglas war out!

Das merkte ich gleich. Ich hatte das nicht wissen können, weil ich kaum ins Kino ging. Ich kannte Michael Douglas aus dem Fernsehen, wenn wir mit Mama abends mal zusammen vor der Glotze saßen.

Als ich Michael Douglas erwähnte, sah Eileen mich entsetzt an. Sie schnappte regelrecht nach Luft. Dann warf sie sich ein Ende ihres Halstuchs mit einer großen Geste über die Schulter.

»Verzieh dich mal«, sagte sie, aber dann drehte sie sich nur weg von mir. »Pfff.«

Sie war maßgebend in der Gruppe. Wenn sie *pfff* sagte, galt das für alle, ich war für alle Mädchen *pfff*.

Eileen war, glaube ich, die Älteste in der Klasse, sie war schon fast vierzehn, also war sie ein Jahr klebengeblieben und wiederholte die sechste Klasse.

Zur zweiten großen Pause regnete es. Deswegen ab in den Aufenthaltsraum.

Schnell waren alle Stühle besetzt, auch die Treppenstufen, die ins Atrium unten in der Halle führen. Die Jungs unserer Klasse, die kleinen, dämlichen Sechstklässler, hockten am Boden und spielten lautstark mit ihren *Wrestling Chipz*. Der Direx, heute in einem sonnengelben Pulli, hinkte vorbei.

»Wir haben früher mit Pfennigen geschangelt«, sagte er und tippte mit einer seiner Krücken auf einen Chip.

Carl blickte nicht einmal auf, und Wadim stieß ein »Häh?« aus.

Der Direx wusste, er war nicht erwünscht, er störte nur, und so stolperte er weiter.

Ich hatte von *Wrestling Chipz* keine Ahnung, und weil ich für die Mädchen *pfff* war, zog ich weiter, als hätte ich irgendwo was zu tun. Ich landete in der Bücherei. Dort war es brechend voll. Die oberen Klassen hatten den Raum in Beschlag genommen. Frau Mertens hatte Bibliotheksdienst.

Ich ging zielstrebig durch den Raum, ich dachte, hinten bei den Regalen mit den Sachbüchern, wo anschließend die PC-Arbeitsplätze standen, würde ich umdrehen und dann hätte ich die Regenpause geschafft.

An der hinteren Wand, direkt neben dem letzten Bücherregal, war ein Stuhl frei. Ich setzte mich mit meinem halben Hintern drauf, bereit, sofort den Platz freizumachen für jemanden, der einen Anspruch erhob.

Da stürmten die Jungs rein. *Die Jungs!* Sie stritten um einen Chip.

»Shawn Michaels!«, rief Wadim. »Ich hatte ihn gewonnen! Ich!«

Und Carl schrie daraufhin: »Da fang ihn doch, du Lauch.«

Er warf den Chip hoch. Der flog in meine Richtung und landete direkt vor meinen Füßen.

»Wo gibt's denn so was?«, brüllte Frau Mertens. »Raus hier. Wadim! Carl! Raus hier, aber auf der Stelle!«

Die beiden hörten nicht. Sie drängten sich durch auf der Suche nach *Shawn Michaels.*

Das blöde Gesicht von Wadim dicht vor mir.

Ich setzte meinen Fuß auf den Chip. Ich weiß nicht, warum, einfach so.

Wadim konnte deshalb den Chip nicht finden, und auch Carl nicht. Er konnte gar nicht wissen, dass ich meinen Fuß auf den Chip gestellt hatte, aber er sagte: »Nimm mal die Flossen hoch.«

»Lass sie in Ruhe«, sagte jemand rechts von mir.

Da wandte ich meinen Kopf.

Romeo!

»Lass sie doch einfach in Ruhe«, wiederholte er.

Carl schnaufte durch die Nase.

»Komm, gehen wir«, sagte er dann an Wadim gerichtet.

Und die beiden zogen tatsächlich ab.

Ich war ganz verdattert. So nah an Romeo. Kein Gang mehr dazwischen. Ich saß da wie blöd und wusste nicht, was ich tun sollte. *Lass sie doch einfach in Ruhe.* So was Nettes hatte ja noch nie jemand in Bezug auf mich gesagt. Ich konnte mich jedenfalls nicht erinnern. Vielleicht Mama ... ja sicher.

Bei uns in der Schule gibt es keinen Gong, wenn die Stunde wieder anfängt. Wir müssen das im Gefühl haben beziehungsweise uns den anderen anschließen.

Romeo stand auf. Also folgte ich ihm. Ich hob den Chip auf. Später wusste ich, dass es einer der seltenen *Silver Chipz* war. Deswegen wollte Carl ihn gar nicht hergeben, obwohl er ihn im Spiel eingesetzt hatte.

Als ich in die Klasse ging, schaute ich Carl frech ins Gesicht. Ja, lass mich doch einfach in Ruhe, du

Lauch!, dachte ich. Ich bekam ein kleines Stückchen Selbstbewusstsein. Oder so.

Am nächsten Tag traute ich mich sogar, als ich mich morgens in der Klasse bis zu meinem Platz hindurchgedrängt hatte, Romeo direkt anzusehen.

»Hey«, sagte ich.

»Hey«, sagte er.

Danach aber klopfte mein Herz wie verrückt. Er war doch aber nur einfach nett gewesen.

3

Inzwischen waren auch die Mädchen in der Klasse süchtig nach dem Spiel. *Wrestling Chipz*. Eileen war die Erste, die sich unter die Jungs mischte. Sie hatte sich wohl mehrere Packungen kaufen dürfen und besaß sogar eines der samtenen *Collector Bags*, um die sie jeder beneidete. Der Nächste, der nachzog, war Bastian, der mit einem lilafarbenen Sammelsäckchen auftauchte. In den Pausen gab es keine Trennungen mehr zwischen Jungs und Mädchen. Wer Chipz sammelte, gehörte dazu und verbrachte Pause um Pause irgendwo knieend oder gebeugt über den Pokerchips, um sich die fehlenden *Regular Wrestler* anzueignen. Wenn einer Glück hatte, konnte er einen doppelten *Foil Chip* von einem Mitspieler ergattern. Silber war ganz selten und deshalb kaum im Spiel.

Und ich besaß einen *Silver Chip*!

Gold gab es vielleicht nur einmal auf der Welt. Man musste *Wrestling Chipz* kaufen und kaufen und kaufen, um eine winzige Chance zu haben. Konnte man ausrechnen, wie viel so etwas kostete? Wenn ich mal genug Zeit hätte, würde ich mich mal an die Aufgabe machen. Zeit und Lust. Zeit hatte ich im Grunde, aber keine Lust.

Liv anzurufen – ja, dazu hatte ich auf einmal Lust. Sie hatte sich ewig nicht gemeldet. Ich aber auch nicht. Wieso eigentlich nicht?

»Ach, du bist es!«

»Ja. Störe ich?«

»Nein«, sagte Liv zögernd, dann aber wurde sie laut: »Nein! Überhaupt nicht! Wie geht es dir? Was machst du so? Ich hätte dich schon längst mal angerufen, aber du weißt ja ... wir schreiben ja so viele Arbeiten ... dann die elende Mathe ... aber Ralfie hilft mir dabei, erinnerst du dich noch an Ralfie, Süße?«

Ich konnte bloß »ja« flüstern, ich kam kaum zwischen ihren Redefluss.

»Ralfie ist ja so süß«, fuhr Liv fort und fort und wollte gar nicht wissen, wie es mir ging, das kapierte ich langsam und wurde ein bisschen traurig, deswegen und auch, weil ich überhaupt angerufen hatte, ich musste bekloppt gewesen sein.

»Ralfie kommt auch gleich vorbei und wir machen Mathe, und dann gleichen wir unsere Pokemon-Sammlung ab und tauschen, und dann gehen wir einmal um den Block, und dann darf Ralfie bei uns zu Abend essen, stell dir das vor, so süß ist er, meine Eltern finden ihn auch süß, und dann packen wir unsere Panini-Bildchen ein für morgen, zum Tauschen, Süße. Sammelt ihr auch Panini-Bildchen?«

»Nee«, sagte ich, weil ich wusste, dass das an meiner Schule schon längst passé war. In meiner ehemaligen Schule lebten sie ja noch hinter dem Mond. Aber sollte ich ihr jetzt was über die *Wrestling Chipz* erzählen? Nee.

»Ich muss aber gleich aufhören«, sagte Liv. »Ralfie muss jeden Moment kommen, und was ist eigentlich mit deinem Typen … wie hieß er noch … hieß er nicht Elvis oder so … was?«

Ich versuchte mir Liv vorzustellen, aber mit einem Mal konnte ich mich nicht einmal an ihr Gesicht erinnern.

»Na, ist ja auch egal«, sagte sie. »Ich muss jetzt Schluss machen. Und du kannst mich gerne wieder einmal anrufen, wenn dir danach ist, Süße. Tschau, tschau.«

Ich war nach dem Telefonat ganz verdattert. Als ob die Welt auf dem Kopf stand.

Hannah merkte das. Oder auch nicht.

»Kommst du mit mir raus?«, fragte sie jedenfalls, und ich war froh darüber.

Draußen taute es. Es war kalt, aber es taute. Noch war nichts von der Märzsonne zu spüren. Kälte und Nässe drangen mir direkt ins Herz. Plötzlich hatte ich das Bedürfnis, Hannah vom Telefonat zu erzählen und von Livs blöden Frage nach Elvis.

»Elvis! Elvis!«, sagte ich empört.

»Und wie heißt er in Wirklichkeit?«, fragte Hannah.

Hatte sie das, was ich ihr von der Sache mit Romeo erzählte, schon vergessen? Anscheinend.

»Elvis heißt doch Romeo«, sagte ich.

»Ach ja«, sagte meine Schwester. »Julia und Romeo. Diese Geschichte. Erzähl doch mal, was alles noch so war, wie die Geschichte weitergeht.«

»Da gibt's nichts zu erzählen. Der hat ja noch nie einen Satz mit mir gesprochen. Außer einmal.«

»Und was hat er gesagt?«, wollte Hannah wissen. Sie hatte sich vor lauter Kälte die Hände um ihren Leib geschlungen.

Ich trat von einem Fuß auf den anderen. Sollte ich meiner Schwester tatsächlich diesen Satz sagen, der schon tagelang in mir brannte. Mit einem Mal aber ging mir ein Licht auf. Ich merkte plötzlich, dass der Satz nicht einmal mir gegolten hat. Es war gar nicht mein Satz.

»Mach schon«, sagte Hannah.

»Also gut. Er sagte, jemand sollte mich einfach in Ruhe lassen.«

»Ja, aber wie hat er das gesagt?«

»Lass sie doch einfach in Ruhe.«

Ich erwartete, dass Hannah in Lachen ausbrechen würde, weil meine Geschichte mit Romeo gar keine Geschichte war. Aber das tat sie nicht. Sie überlegte.

Dann sagte sie: »Aber das hat er doch sehr schön gesagt.«

»Findest du?«

»Ja. Hatte dich jemand geärgert?«

»Vielleicht ein bisschen. Aber nicht richtig.«

»Trotzdem hat er das schön gesagt, dein Elvis.«

»Romeo«, korrigierte ich.

Jedenfalls machte sie keine Witze über den Namen. Das konnte sie ja auch nicht. Ich glaube, sie hatte noch nie im Leben was von Romeo und Julia gehört. Oder von Julia und Romeo.

Dann war uns sehr kalt geworden, und wir verstanden ohne Worte, dass wir hineingehen würden. Schuhe vor der Haustüre ausziehen und auf Strümpfen durch den Flur laufen.

Die Schuhe blieben zunächst auf dem Abtreter liegen und mussten später reingeholt werden, wo sie im Flur auf einem Bogen Packpapier trocknen sollten. Der Großvater stand oben auf der Treppe.

»Ausstopfen mit Zeitungspapier«, befahl er.

Ich wusste, dadurch würden die Schuhe sich nicht verformen.

Aber … lass uns doch einfach in Ruhe.

Eileen wollte im März eine Party geben. In einer dieser Regenpausen ludt sie die ganze Klasse lautstark ein. Die ganze Klasse!

»Schlittschuhe mitbringen«, sagte sie. »Wir gehen zuerst in die Eishalle, und dann machen wir Party im Bistro nebenan. Treffpunkt am Samstag um drei Uhr vor dem Eisstadion. Noch Fragen bitte? Und dass mir keiner die Biege macht.«

Eileen war schon dreizehn. Sie redete wie eine, die es draufhatte. *Party machen.*

Carl feixte. »Sag bloß, du willst alle dabeihaben. Die verderben uns doch den ganzen Spaß.«

»Wer … die … ach so …?« Eileen machte eine Kopfbewegung in die Richtung, wo Swantje und ich standen. Es kam manchmal vor, dass Swantje sich neben mich stellte, obwohl ich ihr aus dem Weg gehen wollte.

»Die Perlhühner«, sagte Carl. »Und den Problemiker.«

Ich wusste gar nicht, dass ich ein Perlhuhn war. Und der Problemiker? So bezeichneten sie wahrscheinlich untereinander Romeo. Der gehörte auch nicht zum Kern der Klasse. Ihm machte das anscheinend nichts aus. Mir schon.

Eileen hob die Augenbrauen hoch und ihrem Mund entwich ein *pfff*, tatsächlich. »Wen ich einlade, geht dich gar nichts an, du Schrubber.«

Carl schüttete sich aus vor Lachen.

Ich wollte sowieso nicht auf Eileens Party.

Ich wollte auf Eileens Party.

Ich wollte nicht auf Eileens Party.

Aber ich brauchte das gar nicht zu entscheiden. Die Einladung wurde ausführlich zu Hause diskutiert. Natürlich auch mit dem Großvater.

»Was sind denn das für neue Methoden?«, sagte ER. »Schlittschuh laufen! Was ist denn das für eine Feier?«

Es würde keine Feier sein, es war eine Party! Und das machte man jetzt so. Wenn Eileen das machte, dann machte man das jetzt so.

»Außerdem kann deine Tochter gar nicht Schlittschuh laufen«, sagte er zu Mama. »Habe ich recht?«

Ja, er hatte recht. Mama nickte. Und deswegen war die ganze Diskussion überflüssig. Dass ich einfach dabei sein wollte, weil es nur darum ging, dabei zu sein, das fiel keinem ein. Ich konnte das auch nicht sagen. Einfach dabei sein, war kein Grund, das auch zu tun. Und Mama konnte sich immer noch nicht bei ihrem Vater durchsetzen. Aber sie war eifrig dabei, Bewerbungen zu schreiben und auf ausgeschriebene Stellenangebote zu antworten. Wenigstens das. Sie schickte massenhaft ihre Unterlagen raus.

Mama wollte also wieder arbeiten gehen. Früher war sie Zahnarzthelferin gewesen. Das war nicht gut genug für den Großvater und für unseren Vater schon gar nicht. Sie hatte alles aufgeben müssen. Aber sie hatte ja uns stattdessen.

An diesem Tag von Eileens Geburtstagsparty, zu der sogar Swantje gehen durfte, stand ich zu Beginn des Abends am Fenster und schaute schräg hinüber, wo Swantje wohnte. Ob sie schon zu Hause war? Ob sie auf der Party Spaß hatte? Wie lange ging so eine Geburtstagsfeier? Bis es dunkel wurde? Oder bis noch später?

Da tauchte Swantje auf.

Ob ich mal zu ihr hinüberlaufen durfte?

»Zu Swantje? Ich dachte, du wolltest gar nichts mit ihr zu tun haben. Und so spät noch?«

»Bitte, Mama.«

»Na schön.«

Ich klopfte die Schuhe drinnen im Flur auf dem Packpapier ab, falls sich noch Erde oder Sand dran befand. Vor der Haustüre zog ich sie erst an.

Ich wusste, dass Swantjes Vater den Supermarkt an der Ecke leitete. Er war immer nach zwanzig oder manchmal auch erst nach zweiundzwanzig Uhr zu Hause. Heute, am Samstag, war er gerade erst heimgekommen.

Swantje, die ihrer Mutter, die die Tür öffnete, über die Schulter zu blicken versuchte, war verblüfft, als sie mich sah. Klar. Das wäre ich auch gewesen. Irgendwie war sie auch verlegen. Und das wäre ich auch gewesen.

Wenigstens durfte ich im Haus bis in den Korridor. Sogar mit Schuhen.

»Wie war's? Ich meine, ich wollte nur fragen, wie es auf der Party war.«

Warum wollte ich das überhaupt wissen? Ich konnte Eileen nicht ausstehen, ich konnte die ganze Klasse nicht ausstehen, und ich konnte Swantje nicht ausstehen.

Der Vater schaute um die Ecke. Er lief auf Socken. »Willst du nicht reinkommen?«

Ich war ja schon drin, aber er meinte wohl, dass ich ins Wohnzimmer kommen sollte. Die Mutter war schnell in der Küche verschwunden, aus der es nach Zwiebeln und gebratenem Speck roch, und hatte Swantje und mich im Flur allein gelassen. Sie bereitete wohl das Abendessen vor; ein kariertes Küchentuch war über ihre Schulter geworfen, als sie die Tür geöffnet hatte.

Swantje wusste nicht, was sie machen sollte. Sie zuckte mit den Schultern. Sie war durch die Situation völlig überfordert, und ich wusste auch nicht, warum ich mich ihr so ausgeliefert hatte. Doch, ich belog mich selber. Ich wollte nämlich nur wissen, ob Romeo auf Eileens Party gewesen war. Er hatte, wie ich, mit ihr und den meisten anderen aus der Klasse doch nichts zu tun. Er war *pfff* und ich war *pfff* und Swantje war *pfff*. Aber sie war hingegangen!

»Also … Kinder …«, sagte Swantjes Vater, und da machte Swantje so eine halb einladende Handbewegung hin zum Wohnzimmer. Ihr Madonnengesicht war rot geworden.

Ihr Vater hatte übrigens dasselbe eiförmige Gesicht, aber es war lebhafter und sah deshalb nicht ganz so langweilig aus.

Ich setzte mich im Wohnzimmer auf die Kante eines plüschbezogenen Sessels. Der Vater verschwand, und Swantje hockte sich auch hin, ebenfalls nur auf den Rand des Sofas. Das Zimmer war viel kleiner als unser Wohnzimmer, aber bei uns unten stand auch nicht viel drin, die alten Ledersessel und ein dunkles Buffet von anno dazumal. Wir saßen ja meistens in der großen Küche am Tisch, oder Hannah und ich verschwanden in unser Zimmer. Und weil wir immer über den weitläufigen Hausflur stiefeln mussten, um ein anderes Zimmer zu erreichen, hatten wir im Haus Luft zum Atmen. Obwohl ER dort oben saß.

Ich sah mich also in dem Wohnzimmer von Swantje um, als hätte ich vergessen, wozu ich hierhergekommen war. Diese bis an die Zimmerdecke reichende Schrankwand aus einem mittelbraunen Holz mit grober Maserung. Die Kommode daneben mit einer Porzellantänzerin auf der Ablageplatte. Ein rot besticktes Deckchen unter dem Marmorsockel der Tänzerin. Im Zimmer kaum Platz für die schwere taubenblaue Polstergarnitur. Über dem Sofa ein großes Ölbild mit einer Heidelandschaft.

Swantje sagte nichts. Ich erinnerte mich, dass ich meine Frage ja schon vorhin gestellt hatte. Jetzt wiederholte ich sie.

»Wie war's? Ich wollte ja nur fragen, wie es auf der Party war.«

»Ganz gut«, sagte Swantje. »Aber ich kann ja nicht Schlittschuh laufen.«

»Du hast nur zugeschaut?«

»Was sollte ich sonst machen? Wadim kann auch nicht Schlittschuh laufen. Er stand dann neben mir.«

»Wie? Neben dir?«

»An die Bande gelehnt.«

»Was ist das denn?«

»Die Abgrenzung.«

Ach so.

»Und was habt ihr da gemacht?«

»Was sollten wir schon machen? Wir haben geguckt.«

Hmhm.

»Gucken … das war dann langweilig. Er hat dann gesagt, komm, wir holen uns eine Cola.«

»Er hat zu dir gesagt, komm, wir holen uns eine Cola?«

»Ja.«

»Der blöde Wadim?«

»Ja.«

»Und dann?«

»Na, dann haben wir uns eine Cola geholt. Die haben wir aber selber bezahlt. Und danach waren wir alle zusammen im Bistro, und da gab es Snacks zu essen und wieder Cola zu trinken.«

»Und das soll ne fette Party gewesen sein?«

»Na, die redet doch nur so, das weißt du doch.«

Ja, das wusste ich. Oder ich wusste das auch nicht. Ich weiß nicht mehr, was ich wusste und was nicht.

»Und dann?«

»Und dann kam Romeos Mutter mit ihrem Auto und hat ihn abgeholt, und Eileen wollte mitfahren. Sie hat gesagt, sie wollte auch einmal in einem Ferrarikiller sitzen, und die Mutter hat gesagt, ich wünsche meinem Romeo schon lange so eine kleine Freundin. Sie hat richtig gut ausgesehen.«

»Eileen?«, schrie ich.

»Nein«, sagte Swantje. »Romeos Mutter. Und der Wagen, mit dem sie ihn abgeholt hat, war auch klasse.«

Woher wusste die doofe Swantje, was ein klasse Wagen war? Und dann wollte ich auch gar nicht wissen, ob Eileen tatsächlich mitgefahren war. Ich wollte auch gar nicht wissen, ob irgendjemand mich vermisst hatte.

»Hat jemand was von mir gesagt?«, fragte ich dann aber doch, bevor ich noch platzte. »Hat mich einer …«

Ich wollte fast sagen *vermisst* oder so, aber ich ließ das bleiben. Es war das falsche Wort.

»Ich habe dich vermisst«, sagte Swantje da fast tonlos. »Wir hätten vielleicht Spaß gehabt.«

O ja. Swantje und ich an die Bande gelehnt. Und der blöde Wadim, der sonst immer mit Carl zusammen auf einen draufhaute. Also, öde wär's gewesen. Langweilig. Und dann noch Romeo und Eileen im geilen Schlitten seiner Mutter. Ich bildete mir ein, dass sie nicht mitgefahren war. Ich wollte das so sehen.

Romeo und Eileen … pah … das passte doch gar nicht zusammen.

Eileen und Romeo?

Das hörte sich schon mal überhaupt nicht gut an.

4

In den Tagen nach Eileens Party beobachtete ich sie und Romeo. Nein, ich war nicht eifersüchtig. Ich konnte es aber nicht haben, wenn er nett zu ihr gewesen wäre. Ich wollte, dass er nur zu mir nett war. Er war doch nett zu mir gewesen, oder? Dieses eine Mal. Das ging mir nicht aus dem Kopf. Ich musste immer wieder daran denken. Was sollte das?

Es war ein schönes Gefühl.

Romeo war normal zu Eileen. Da lief nichts zwischen denen. Das hätte ich gemerkt. Er redete gar nicht mit ihr. Sie war ihm egal.

Manchmal, wenn ich mich zum Ende der Pausen nah an ihm vorbeidrückte und er mich bemerkte, sagte er: »Na?«

Dann sagte ich auch: »Na?«

Das war nicht viel, aber mir reichte es schon. *Na* … das hatte er noch nie zu Eileen gesagt, soviel ich wusste.

Was machte ich mir da für Gedanken?

Ja, ich hätte mir mehr Gedanken um die Schule und die Zensuren machen sollen. Ich hielt mich bei den Schulnoten nur so mittig auf, was meinem Großvater sehr missfiel. Als ob ich die Ehre der Familie mit Füßen trat. ER kam extra wegen Hannahs und meiner Fortschritte in der Schule ein- oder zweimal in der Woche nach unten und schaute sich unsere Arbeiten schweigend an. Sein Schweigen war wie eine schwere Strafe.

Mama sagte dann später: »Halb so schlimm. Das wird schon wieder. Ihr müsst euren Großvater nicht so wichtig nehmen.«

Was? Ich hörte wohl nicht recht! Mama! *Sie* nahm ihn zu wichtig. Aber vielleicht konnte sie auch noch nicht anders. Zu der Zeit jedenfalls. Wann fing sie damit an, ihn nicht mehr so wichtig zu nehmen? Bei allem, aber auch bei allem hatte er ein Wörtchen mitzureden. Und über die Auftritte von IHM konnten Hannah und ich auch nicht grinsen wie früher, wenn unser Vater sein Theater zu Hause abzog.

Dann kam die Geschichte von Hannahs Geburtstag. Sie wollte eine richtige Feier ausgerichtet haben.

»Alle in meiner Klasse tun das«, jammerte sie.

Sie wurde elf. Jetzt, Ende März. Und sie fühlte sich in ihrer Klasse nicht mehr ganz so einsam wie am Anfang.

In der Schule hatte sie Freundinnen oder wie man das nennen will. Zu Hause hatte sie leider nur mich. Wir sind aber keine Freundinnen, nur Schwestern, und wir machten ja nur manchmal was miteinander. Wir mussten was miteinander machen, wenn sonst niemand da war. Außer neuerdings Swantje. Ich ertrug sie hin und wieder. Ich hatte mich an ihr Madonnengesicht gewöhnt, und wir liefen jetzt meistens gemeinsam nach Hause. Oder fuhren mit den Rädern hintereinander her.

Swantje hatte wie Hannah im März Geburtstag. Anfang März. Ich gebe zu, sie hatte auch keine richtige Geburtstagsfeier. Sie durfte mich ins Kino einladen und netterweise Hannah gleich mit. Wir hatten uns *Horton hört ein Hu!* angesehen, ein Film, der meiner Schwester nicht gefallen hatte, weil da gemeine Personen vorkommen. Ich fand das Känguru am besten.

Mama war mit einem Geburtstagsfest für Hannah einverstanden. Sie musste das dem Großvater erklären. Keine Party. Kindergeburtstag! Kein Schlittschuhlaufen oder so was, ein ganz normales Geburtstagsfest mit Kuchen, Smarties und Luftschlangen und was sonst noch alles. Und es würden viele Kinder sein. Nein, nicht die ganze Klasse, aber zwölf, dreizehn, vierzehn Kinder.

Mamas Gespräch mit dem Großvater dauerte länger. Was gab's denn da so lange zu bereden?

Schließlich erfuhren wir, was Sache war. Die Sache war nämlich, dass Hannahs Geburtstagsfeier gar nicht stattfinden würde.

»Warum nicht?«, heulte Hannah.

»Weil viele Kinder nur Dreck ins Haus bringen«, erklärte Mama und fügte hinzu. »Wegen des Wetters. Es ist ja nur am Regnen. Matsch draußen und Dreck. Also, das hat euer Großvater so gesagt. Ihr kennt ihn doch. Er fürchtet, das ganze Haus wird verschmutzt.«

Na, das passte ja. Und wir hatten uns so gefreut. Es war wie eine richtige Ohrfeige.

»Wir können aber auch bei McDonald's feiern«, versuchte es Hannah noch einmal.

»Ach«, sagte Mama. »Auch so'n neumodisches Zeug. Und teuer ist das auch. Das ist nicht billig. Rechne dir das mal aus. Das geht einfach nicht, mein Mädchen.«

»Aber das machen jetzt alle«, heulte Hannah. »Party oder McDonald's.«

»Oder Kino«, schlug ich noch vor.

Aber Mama hörte gar nicht hin. Das war mir klar. Kino für alle ließ sich schon gar nicht ausrechnen. Und Mamas Bewerbungen hatten noch nichts gebracht. Keine Anstellung. Nix. Wir waren immer noch und irgendwie und zum größten Teil vom Großvater abhängig.

Mama sagte: »Aber euer Großvater hat gemeint, wenn Julia Geburtstag hat, kann es eine Feier für euch zusammen geben. Im Juli ist das Wetter meistens schön. Ihr könntet draußen sein. Ist das nicht eine gute Idee von eurem Großvater? Und ich könnte einen Apfelkuchen backen.«

Ach, Mama. War der Großvater denn Gott der Herr?

Hannah lief aus dem Zimmer. Sollte ich sie trösten? Na schön. Ich lief ihr nach in unser Zimmer, setzte mich neben sie aufs Bett und legte meinen Arm um ihre Schultern. Sie schubste mich weg, aber ich versuchte das mit dem Trost noch mal, legte wieder den Arm um sie.

Ich sagte: »Juli … das ist gar nicht mehr so lange hin. Juli …«

»Das dauert noch ewig«, sagte Hannah, aber sie hörte wenigstens auf zu schluchzen. »Außerdem ist das dann doch dein Geburtstag.«

»Nein«, sagte ich. »Wir feiern gemeinsam. Wir machen eine richtig tolle Party.«

Das sagte ich, obwohl ich keine Ahnung hatte, wie man eine richtig tolle Party machte. Auf alle Fälle ohne Apfelkuchen.

Ich hoffte, dass Hannah ein bisschen getröstet war.

Sie hatte aber trotzdem einen richtig bescheuerten Geburtstag. Obwohl ich ihr zwei Päckchen *Wrestling Chipz* gekauft hatte. Vielleicht könnten wir uns beide ja mal damit beschäftigen.

Noch so eine Sache … die Strickjacke, die Mama für sie besorgt hatte. Eine lila Trachtenjacke mit rosafarbenen Blüten und Knöddelchen.

Hannah schaute mich völlig entgeistert an. Ich musste ihr zur Seite stehen.

»Mit so Bazongklamotten kann man sich nicht auf der Straße sehen lassen«, sagte ich.

»Was bitte?«, fragte Mama. »Was soll das heißen – Ba … was für Klamotten?«

Keine Ahnung, hatte ich aufgeschnappt.

»Dafür wird man auf dem Schulhof verprügelt«, sagte ich, um Mama das klarer zu machen.

»Nun hör aber auf«, protestierte Mama.

Es war aber so, Mama, und außerdem hasste ich allmählich Geburtstage.

5

Im April hatten wir mit der Klasse Wandertag.

Wir wollten nicht nur so herumspazieren oder einmal um einen See herumlatschen oder so … Nein, Frau Mertens schlug eine Schnitzeljagd vor.

»Wer will die Fährten legen? Freiwillige vor.«

War ja klar, dass das die Clique um Eileen und die Jungs wie Bastian und Wadim und Carl waren, zusammen also mehr als die halbe Klasse. Sie würden die Spuren legen, quer durch das große Waldstück, das auf einer Seite vom Wildgehege begrenzt ist und auf der anderen Seite von der Fichtenschonung.

Wir begannen am Waldweg, der von der Hauptstraße abzweigt, und mussten nach dem ersten Lauf anderthalb Stunden warten, bis wir den Fährtenlegern folgen durften. Die hatten das Ziel festgelegt, entweder die Jugendherberge zig Kilometer weiter oder das Bushäuschen an der Nebenstraße oder die Gaststätte »Eichelhäher« am Baggersee. Was sie sich ausgesucht hatten, das sollte sich im Verlauf der Spurensuche herausstellen. Ein weiterer Lehrer war bei der ersten Gruppe. Der wusste Bescheid, wohin es gehen sollte.

Einige, auch in unserer Gruppe, hatten Handys dabei. Das beruhigte Frau Mertens, weil sie meinte, dann gehe keiner verloren.

In der Wartepause lungerten wir herum oder aßen Frühstücksbrote. Frau Mertens musste auf uns nicht aufpassen, weil wir die Doofen oder die Stillen oder die Braven waren. Wir waren die, die nicht zählten.

Dann ging's endlich los. Jeder auf der Suche nach einem Schnipsel oder einem Wollfaden mit eingewickeltem Zettel, auf dem ein Hinweis stand, oder einem Zeichen an einem Baum.

Zuerst waren wir noch zusammen, dann meinte der eine, hier was zu sehen, und der andere, dort.

Die Spuren, die Eileen und so gelegt hatten, waren ziemlich blöd.

Dreimal um die eigene Achse drehen und dann immer der Nase nach, stand da oder: *Kleine, krumme Kiefer suchen, drüberspringen und dann dahin laufen, wo der Daumen nach links zeigt.*

Zu doof!

Die Gruppe lief bei der Suche auseinander, zerstreute sich. Plötzlich ging jeder irgendwie seinen eigenen Weg. Noch hörte ich Rufe. Und schließlich war es still.

Es roch nach Erde, nach Moder, eigenartigerweise auch nach Pilzen, aber das bildete ich mir wohl nur ein.

Ich fand keine Schnitzel mehr, nicht einen einzigen Hinweis, kein Zeichen an einem Baum.

Der Wald umgab mich. Das war ein komisches Gefühl, ich war draußen, aber irgendwie doch drinnen. Nichts zu hören, nur meine Schritte knackten auf zerbrechenden Zweigen. In den Baumwipfeln rauschte der Wind. Das war unendlich beruhigend.

Obwohl ich grenzenlos allein war, hatte ich keine Angst. Ich beschloss, einfach geradeaus zu laufen. Irgendwo würde das alles enden.

Mit einem Mal öffnete sich der Wald. Eine Lichtung voller mit Spinnweben verhangener Pflanzen. Am Wiesenrand Riesenfarne. Eine Maus lief mir fast über die Füße.

Da kam Romeo quer über die Lichtung. Und geradewegs auf mich zu.

»Na?«

»Na?«

Ich war verlegen, aber ich war auch sehr, sehr froh, dass ich nicht mehr allein sein musste.

»Sollen wir ihnen ein Schnippchen schlagen?«

Ich wusste nicht, was er meinte.

Er zeigte nach drüben. Da stand ein Hochsitz.

»Vielleicht sehen wir, wo sie sind.«

»Die anderen?«

Er nickte. Dann tat ich so, als würden wir schon ewig miteinander zu tun haben, und rannte mit ihm über das Gras hinüber zu dem Hochsitz.

Eine Leiter führte hinauf. Abblätternde Rinde an den Seitenstreben.

Ich erklomm die Leiter zuerst. Ich hoffte, dass ich von hinten, von unten, irgendwie ein passables Bild abgeben würde. Ich schnaufte, als ich oben angelangt war, drehte mich um und beobachtete, wie er hinaufkletterte. Ich sah auf seinen Haarschopf, diese dunkelblonden, dichten, seidig aussehenden Haare. Ich starrte hinunter und schaffte es gerade noch, wegzusehen, bevor er den Kopf hob.

Wir hockten uns auf die aus rohem Holz gezimmerte, schmale Bank. Es war plötzlich ganz normal, mit Romeo auf einem Hochsitz am Waldesrand zu sitzen. Wenn uns einer sehen würde! Er und ich … wir waren doch die Lachnummer in der Klasse.

Romeo zeigte auf die Schneise, die von hier aus quer durch den ganzen Wald zu führen schien. Hinten links konnte man das rote Dach der Jugendherberge sehen. In der Mitte schimmerte der See, und ganz rechts lag die Nebenstraße mit dem Bushäuschen.

Am See, dort wo sich der »Eichelhäher« befindet, waren bunte Farbkleckse.

»Eileen und so«, sagte Romeo. »Eileen und Co.«

Eileen! Warum sagte er sofort Eileen und nicht Bastian oder so.

»Wie lange kennst du die anderen schon?«, fragte ich. »Eileen und so?«

»Eileen? Von Anfang an«, sagte er.

Was ist *von Anfang an?*

»Sie wollte doch mit dir nach Hause fahren«, rutschte es mir raus. Was ging mich das an? War ich verrückt geworden? Ich redete, als wäre ich eifersüchtig. Als wäre ich verknallt. Das war ich nicht. Ich sah ihn nur gerne an, wenn ich mich traute.

»Ach«, sagte er. »Nach der Party? Ja. Meine Mutter hat mich abgeholt.«

Und weiter?

Da kommt nichts mehr, Julia, das kannst du vergessen, du wolltest sowieso nicht wissen, ob sie oder ob sie nicht … das redete ich mir ein.

Er sagte: »Wir gehen mal wieder los. Einfach weiter.«

Ich nickte.

Er kletterte zuerst hinunter. Dann folgte ich. Von der zweituntersten Stufe sprang ich hinab. Ich sah, wie er eine kleine Handbewegung in meine Richtung macht. Dachte er, ich knickte um oder was?

»Na?«, sagte er und grinste.

Ich hatte gar nicht gewusst, dass man das Wörtchen *Na* auf so viele Arten aussprechen konnte. *Na* konnte alles bedeuten. Oder auch gar nichts.

Wir trotteten nebeneinander her, bis wir noch vor den anderen Fährtensuchern das Ziel erreicht hatten.

Da lagerten sie, Carl, Bastian und so weiter. Eileen.

Bastian stieß grinsend den Ellbogen in Carls Seite.

»Oh«, sagte er. »Romeo mit seiner Else.«

Ich atmete einmal tief ein. Ach, die konnten immer noch eins drauflegen.

»Hast du ein Problem, oder was?«, fragte ihn Romeo.

»Entspanne dich mal«, antwortete Bastian und machte eine beruhigende Handbewegung. Er hatte aber weiterhin dieses blöde Grinsen auf dem Gesicht.

Hörte das alles denn nie auf? Zwischendurch hatte ich schon den Eindruck gewonnen, dass sie Ruhe gäben, aber dann kam es wie in Wellen immer wieder hoch, Romeo und Julia, Julia und Romeo und jetzt auch noch *Romeo mit seiner Else*. Else!

Romeo setzte sich dorthin und ich hockte mich hierhin, ganz weit weg von ihm.

Aber von diesem Wörtchen, *Na?*, von dem Tonfall, lebte ich ein paar Wochen lang, obwohl er das ganz anders gemeint haben könnte, als ich es verstanden haben wollte.

Dann kam der Juli mit meinem Geburtstag.

»Ja, ihr dürft eure Freunde einladen«, sagte Mama. »Wir haben das doch versprochen, eine Feier für euch beide mit euren Freunden zusammen.«

Freunde?

Schöne Freunde.

Ich wurde dreizehn. Ich fand, das hörte sich schon nach was an. Besser als zwölf. Und weitaus besser als elf Jahre wie Hannah.

Sie lud ihre halbe Klasse ein.

»Die haben vielleicht blöd geguckt, als ich sie zu einer Geburtstagsfeier eingeladen habe, obwohl ich gar nicht Geburtstag habe«, sagte sie.

Ich hätte auch nicht gewusst, wie ich das erklären sollte. Trotzdem war mir auch nicht gerade wohl, Leute aus meiner Klasse nach Hause einzuladen. Mündlich würde ich das nicht angehen; ich wollte also kleine Einladungskärtchen verteilen. Die hatte es vorgedruckt im Ein-Euro-Laden gegeben, zwölf Karten, das musste reichen. Name, Ort und Uhrzeit.

Dann machte ich den Fehler, Liv anzurufen. Ob sie auch kommen könnte? Sie war doch meine beste Freundin gewesen. Meine einzige und beste Freundin.

»Was?«, rief sie ins Telefon. »Du hast Geburtstag? Das habe ich doch total vergessen. Ich bin ja so schrecklich eingespannt. Ich spiele jetzt doch in der Kreisliga

Badminton, jede freie Minute muss ich dafür opfern, da habe ich keine Zeit, an was anderes zu denken. Gleich klingelt es, Süße, und Robin holt mich ab. Robin ist so süß, musst du wissen.«

»Robin?« Mir fiel die Kinnlade runter, und es dauerte ein Weilchen, bevor mir klar wurde, wer das war. Robin, das war der mit der Narbe über der rechten Augenbraue, ach ja.

»Ich dachte …«, sagte ich, »ich dachte … Ralfie.«

»Ralfie?«, sagte Liv gedehnt. »Das ist schon lange aus mit dem. Ich bin jetzt mit Robin zusammen.«

Ach ja. Was sollte ich dazu sagen? Was sollte ich überhaupt noch sagen?

Liv nahm mir das Problem ab. »Es klingelt«, sagte sie. »Sei mir nicht böse, Süße, aber ich muss jetzt Schluss machen.«

Und dann war Schluss.

Also würde die Geburtstagsfeier nur mit denen aus meiner Klasse sein. Wenn überhaupt einer käme. Ich ging erst einmal davon aus, dass am Samstag keiner auftauchen würde.

Die beste Gelegenheit, die Kärtchen zu verteilen, sah ich, als wir einige Tage vorher am Schluss der großen Pause alle zusammen im Atrium standen und auf unseren Direktor warteten, den Direx.

In der Zeit hämmerten einige aus der Klasse ihre Chipz auf den Boden, um einen *Mike Knox* oder *Big Daddy V* zu ergattern.

»Nicht jetzt nach der Pause!«, ermahnte Frau Mertens.

No Chance.

»Mir fehlt noch *Matt Hardy*«, rief Wadim und machte weiter, wumm. *Matt Hardy* drehte sich wie ein Pfannkuchen. Den hätte Wadim jetzt eigentlich gewonnen, aber da bückte sich Frau Mertens und kassierte sowohl *Matt Hardy* als auch *Trevor Murdoch*, mit dem Wadim Bastian geschlagen hatte. Er wurde beide Chipz los.

»Manno«, jammerte er. »Manno.«

»Eine Woche lang in meiner Obhut«, sagte Frau Mertens. Sie führte schon eine lange Liste voller beschlagnahmter Chipz. Mir fiel in diesem Moment ein, dass ich noch nie mit Hannah *Wrestling Chipz* gespielt hatte. Das könnten wir doch mal nachholen, an einem dieser langweiligen Nachmittage.

Dann kam der Direx. Heute im knallroten Pullover. Übrigens hatte er sich diese Woche als Begrüßungs- und Abschiedsmusik für *Simply Red* entschieden, und jeden Morgen dudelte *The World and you tonight* aus dem Lautsprecher und witzigerweise *Go Now* zum Schluss der Schulstunden. Der Direx fand das wohl witzig. Er fand wohl alles witzig, die Schule, die Schüler, das Lehrerkollegium. Er lächelte immer, als würde er alle Menschen lieben. Aber ich glaube, er liebte nur sich und seine Pullover. Und seine Krücken. Seine Achillesferse müsste doch schon längst geheilt sein, aber er hielt sich an seinen Stöcken fest, als wäre es sein Markenzeichen.

Ankündigungen:

Es wird zukünftig ein Mittagessen angeboten werden, bitte zu Hause besprechen und bei Interesse dem Hausmeister melden.

Wir werden eine Garten-Arbeitsgemeinschaft einrichten und ein Biotop anlegen.

Und der Schulhof soll von nun an von den Schülern in den Pausen selber regelmäßig gesäubert werden, Freiwillige vor.

Nein, ich war nicht so ein Schleimscheißer, ich würde mich nicht melden. Das würde den anderen ja wieder in ihren Kram passen: Ich mit meinem Großvater, dem Schuldirektor a. D.

Die Ankündigungen wurden untereinander diskutiert, aber die Mädchen meiner Klasse fanden mehr Interesse an Eileens neuen Sommerlatschen, silberne Flip Flops mit Strass besetzt. Wenn nicht Eileens Füße drin stecken würden, fände ich die Dinger schön, aber so …

Eileen ließ ihre Latschen von allen Seiten begucken, auch die Jungs nickten sie ab.

»Und?«, fragte Eileen. »Und?«

Carl pfiff anerkennend und Bastian sagte: »Korrekt. Absolut korrekt.«

»Na ja«, sagte Eileen. »Ich wollte ja eigentlich die echten Flip Flops haben, die von *Main Isle*, aber meine Mutter hat da nicht mitgemacht.«

Eileens beste Freundin Anna meinte: »Die sind doch super, was willst du denn. Ich hätte am liebsten auch so welche.«

»Wirklich?«, fragte Eileen. »Oder willst du dich einschleimen?«

Ich Trottel starrte die Latschen auch fasziniert an. Ich muss zugeben, so was Schönes hatte ich noch nie gesehen. Dann riss ich mich aber zusammen und verteilte ein bisschen verschämt meine Einladungskärtchen. In diesem Moment dachte ich, ich hätte gar keine Feier haben müssen, aber es war so selbstverständlich, dass sie mit Hannah zusammen geplant wurde. Großvaters Idee. Ich war gar nicht darauf gekommen, nein dazu zu sagen. Wir sagten immer noch gar nichts gegen das Wort von unserem Großvater. Gottes Wort. Mama sagte auch nichts. Wir waren wie ohne eigene Gedanken.

Ich drückte jedem eine Einladung stillschweigend in die Hand, der Clique um Eileen herum, dazu gehörten auch Carl und Bastian und so, und Swantje natürlich, obwohl … Zwölf Kärtchen sind schnell verteilt. Das letzte … das gab ich Romeo. Er stand grad da.

Und wenn sie jetzt die Einladungen zerrissen oder sich darüber lustig machten? Laut diskutieren, warum sie eine Einladung zu der bescheuerten Enkeltochter von Herrn Schuldirektor a. D. nicht annehmen wollten? Ich war schon vom bloßen Gedanken daran rot geworden. Mir schnürte es den Hals zu.

Und dann passierte auch genau das, was ich befürchtet hatte. Es wurde groß diskutiert.

»Na, seht euch das an! Eine Einladung von Julia. Na, da kann ich mir doch kaum was Besseres vorstellen.«

Das war Carl!

»Jetzt ist's aber gut«, sagte Romeo plötzlich.

»Hey, du Spast, ist ja klar, dass du dich mit ihr verbündest.«

»Jetzt ist's gut«, wiederholte Romeo.

»Ja«, sagte Eileen plötzlich. »Jetzt ist's gut. Und wir gehen alle hin. Ist doch toll, Mann.«

Frau Mertens ermahnte uns dann, auf ihre Weise, eher wischiwaschi. Wir sollten zuhören, was der Direx von sich gab. Sie mischte sich nicht ein, wenn einer von uns fertiggemacht wurde. Ich zum Beispiel. *Sich liebevoll um ihre Schüler kümmern* …, dass ich nicht lache.

Und wer meldete sich denn endlich freiwillig zum Säubern des Schulhofs? Welcher Schleimer?

Der Direx sah mich an. Nein, danke, ich nicht. Obwohl Swantje mir den Ellbogen in die Seite rammte und mich flehentlich ansah. Sie hätte gerne den Dienst mit mir zusammen gemacht, das wusste ich, aber ich wollte nicht Liebkind sein.

Nach einer Weile hob Romeo seinen Arm. Und dann stellte sich auch ganz, ganz schnell Eileen freiwillig zur Verfügung, sieh einmal an.

Mist, ich hätte mich doch melden sollen. Aber es wäre anders verstanden worden.

Zu Hause, so um halb drei, hatte ich die Schnauze voll von Schularbeiten und leise sein und auf Zehenspitzen gehen. Mama war zu einem Vorstellungsgespräch gegangen, und wir waren auch nervös, ob es dieses Mal klappen würde.

Ich schlug Hannah vor, endlich mal mit den *Wrestling Chipz* zu spielen. Wegen der Wut über ihre ausgefallene Geburtstagsfeier hatte sich Hannah die Pokerchips noch nicht einmal angesehen; die Päckchen waren noch heil.

»Na schön«, sagt Hannah auf meinen Vorschlag hin, »weißt du denn, wie das geht?«

Ich hatte es doch von den anderen abgeguckt.

Sie gab mir vier Chips.

»Aber zurückgeben«, sagte sie.

Ja, es war auch nur ein Spiel und nicht so ernst wie in der Schule, wo sich einer reich spielen konnte.

Wir mussten erst Sching, Schang, Schong machen, um rauszufinden, wer anfängt.

Sching, Schang, Schong.

Sching, Schang, Schong.

Wir brauchten Platz und ließen uns im Flur nieder. Im Gegensatz zu Hannah hatte ich den Dreh schon raus, um den Chip für *Spinz* unendlich lange um seine eigene Achse drehen zu lassen. Ich graste ihre Chips einfach ab. Bevor meine Schwester aber noch zu heulen anfing, schlug ich *Slammerz* vor, da nützte nur abgucken schon mal gar nichts.

Wir schmetterten unsere Chips runter, um den gegnerischen Chip auf die Kante zu treffen. Kaum trafen wir das Ziel, höchstens mal mitten auf die Platte, aber das brachte ja nichts. Wir arbeiteten uns heiß, und als Hannahs Chip sich leicht anhob, weil ich die Kante endlich getroffen hatte, schrie ich vor Begeisterung und Hannah vor Entsetzen los. Das *Wrestling Chipz*-Fieber hatte uns gepackt, obwohl es doch wirklich nur ein Spiel war. Und langsam, langsam bekamen wir den Bogen raus.

Wir waren so vertieft in unser Spiel, dass wir gar nicht mitbekamen, dass ER inzwischen die Treppe hinuntergeschlichen war.

Plötzlich donnerte er los. »Seid ihr verrückt geworden?«

Der Großvater stand auf der dritt- oder viertletzten Stufe. Mit seinem Lineal schlug er jetzt rhythmisch auf das Geländer. Ich musste immerzu auf das Lineal schauen, peng, peng, peng, und ich dachte, er würde damit gar nicht mehr aufhören. Ich dachte auch, er würde uns am liebsten damit verdreschen, aber das ließ er dann doch bleiben, und allmählich wurde das peng, peng, peng auch weniger regelmäßig und leiser, peng.

Der Mittagsschlaf stand dem Großvater noch in den Augen. Sein Haar war verwirrt und hing ihm über die Stirn.

Hannah und ich hockten, ohne uns zu rühren, auf den Knien und waren wie gelähmt.

»Ich habe euch doch verboten …«, holte ER aus.

Da stieg in mir eine heiße rote Wut auf.

»Ja«, schrie ich. »Ja, ich weiß, alles ist hier verboten, aber du kannst mich mal, du Spießer.«

Hoppla. Das wollte ich alles nicht sagen, aber es ist mir so rausgerutscht, und deswegen wollte ich es vielleicht doch sagen. Ich weiß gar nicht, wieso mir das Wort eingefallen ist. Ich wusste gar nicht, dass ich das überhaupt kannte. Aber das war es, das traf es, ER war ein Spießer, er war der Oberoberoberspießer.

Da kam Mama zurück. Keiner sagte etwas. Hannah und ich hockten weiter auf dem Boden. Meine Schwester sah mich mit weit aufgerissenen Augen an. Und wir alle lauschten auf die Geräusche vor der Tür, zuerst die knirschenden Schritte auf dem Gehweg, dann das vorsichtige Stapfen auf der Treppe, schließlich den Schlüssel im Schloss.

Mama blieb gleich in der Tür stehen, sobald sie die geöffnet hatte und uns drei im Flur sah. Der Großvater war in diesem Moment so was von wütend.

Er brüllte mich an: »Du bist doch die Impertinenz in Person! Und bilde dir nicht ein, dass deine Geburtstagsfeier stattfinden wird. Die ist gestrichen. Ein für alle Mal.«

Dann drehte er sich ruckartig um.

»Und deine auch«, schrie er Hannah an. »Ein für alle Mal.«

Da verging uns das Lachen.

Hannah stürmte in unser Zimmer. Ich sammelte die Chips ein und lief ihr nach.

Sie heulte: »Ich hasse dich, ich hasse dich.«

Ich konnte sie nicht trösten. Mir tat es im Moment gar nicht weh, dass der Samstag gestrichen war. Ich kapierte es irgendwie noch nicht. Und mein tiefstes, innerstes Gefühl war so was wie Stolz. Komisch. Weil ich IHM meine Meinung gesagt hatte?

Aber *Impertinenz in Person* – das müsste ich mal in einem Bedeutungswörterbuch nachschlagen.

Mama kam leise ins Zimmer und sagte kopfschüttelnd: »So geht es einfach nicht weiter. So nicht.«

Das fand ich auch, Mama.

6

Ich wusste nicht, wie meine Schwester es geschafft hatte, in ihrer Klasse diesen Samstag abzusagen. Ich wollte es auch gar nicht wissen, sonst hätte ich noch ein schlechtes Gewissen bekommen.

Swantje wusste jedenfalls Bescheid, dass die Feier ins Wasser fallen würde, und dann hatte ich es noch Anna gesagt und im Vorübergehen Wadim, und dann war es wohl rumgegangen.

Eileen sagte mit hochgezogenen Augenbrauen und einem spöttischen Grinsen: »Ach! Was ist passiert?«

Mir musste was auf der Stelle einfallen.

Ich sagte: »Mein Großvater liegt im Sterben. Herzinfarkt.«

»Ach so«, sagte Eileen. »Na dann.«

So einfach war das also.

Swantje fragte in der Pause leise: »Echt?«

»Hmhm«, murmelte ich.

Hmhm hatte keine Bedeutung. Das war keine Lüge. Das war nur *hmhm*.

»Ich habe aber schon ein Geschenk für dich«, sagte Swantje.

»Ach«, meinte ich. »Du kannst dann ja mal kurz vorbeikommen.«

»Meinst du?«

»Hmhm.«

Sie kam am Samstag gleich nach dem Mittagessen. Samstags gab es kein großes Essen, immer nur Kartoffel- oder Erbsensuppe aus der Dose. Wir redeten nicht viel miteinander, Mama, Hannah und ich, wir hatten jede so unsere Gedanken. Mama sah aus, als hätte sie große Gedanken. Und Hannah schaute mich gar nicht an. Sie war total sauer auf mich. Sie gab mir die Schuld an der Situation, das wusste ich. Aber Schuld hatte ER.

Swantje kam also vorbei und gab mir ihr Geschenk, nichts Besonderes, aber ganz schön. Eine rote Kette mit Anhängern, die aussehen wie vom Gebiss eines Säbelzahntigers. Ganz schön auffällig. Mein Großvater würde vom Sockel fallen, wenn ich sie je tragen sollte.

Swantje und ich wollten noch eine Tour mit den Rädern machen. Nur so herumfahren.

»Ich geh dann mal«, sagte ich in die Luft hinein. Mama hob still die Hand als Einverständnis.

Wir fuhren im Trödelgang, meistens sogar auf den Bürgersteigen.

»Warum kommt Hannah nicht mit?«, fragte Swantje.

Da musste ich ihr die ganze Geschichte doch erzählen. Von wegen Herzinfarkt.

»Das ist ja ein Ding«, sagte Swantje. »Dass er piefig ist, dein Großvater, das habe ich ja gewusst, aber dass er so piefig ist, hätte ich nicht gedacht.«

Ich wunderte mich, dass Swantje so einen Ausdruck kannte. Aber er passte.

Ihr Vater war auch piefig, aber nur halb so schlimm. Halb so schlimm konnte manchmal auch heftig sein. Er wollte Swantje zum Beispiel nicht im Supermarkt sehen, wenn er im Dienst war. Er hatte zu ihr gesagt, er wolle keine Familiengeschichten in der Firma haben. So was fand ich ziemlich heftig. Swantje schluckte das einfach, aber vielleicht kam ihr ausdrucksloses Madonnengesicht auch davon, dass sie sich ständig fügen musste. Ich fügte mich auch irgendwie, aber in mir brodelte es.

Wir fuhren und fuhren und drehten vor dem Stadtpark ein paar extra Runden und dann trödelten wir zurück. Wir waren irgendwie beide keine Glückskinder.

Schließlich waren wir wieder angelangt, wo wir hergekommen waren, tschau, tschau.

Ich dachte, das würde jetzt ein beschissener Abend werden, aber dann kam es richtig dick. Ich wurde schon im Flur von Großvater empfangen. Was für eine Aufregung!

Ich hatte vergessen, jemandem auszurichten, dass meine Geburtstagsfeier ausfiel. Das war erst mal das Einzige, was ich verstand.

»Das ist ja hochnotpeinlich«, sagte mein Großvater empört.

Hochnotpeinlich.

Es war, als könnte ich mich an diesem Wort festhalten. Ich wiederholte und wiederholte es in meinem Kopf, damit ich es nicht vergaß. Keine Ahnung, warum ich es auf alle Fälle behalten wollte, es gefiel mir irgendwie, *hochnotpeinlich.*

Meine Mutter versuchte IHN zu beruhigen. »Es kann doch mal passieren«, sagte sie.

»Aber es darf nicht passieren! Es darf einfach nicht passieren! Ich stand ja da wie ein Trottel! Und dieser junge Mann war ja auch in einer unmöglichen Situation.«

Welcher junge Mann? Wer ist *dieser junge Mann?* Wen meinte er?

Er meinte Romeo.

Ojemine. Ich wusste gar nicht, was ich sagen sollte. Und von mir wurde ja auch nicht erwartet, dass ich mich dazu äußerte. Auf mich wurde nur draufgehauen. Jedenfalls schaute Hannah mich wieder an. Ein Unglück löste das andere ab. Ich war tatsächlich wieder einmal ein richtiges Glückskind, aber ja.

Damit nicht genug.

»Es erfordert die Höflichkeit, dass man sich bei ihm entschuldigt«, sagt ER. »Ich verlange, dass dieses Mädchen jetzt bei seiner Familie vorbeischaut und eine Entschuldigung anbringt. Das muss man wieder gradebiegen.«

Wie bitte? Ich dachte, ich hörte nicht recht.

Mama sagte schnell: »Schon gut, Vater. Ich gehe mit ihr. Ich sehe ja ein, dass man die Sache nicht so stehenlassen kann.«

»Gradebiegen«, wiederholte ER. »Entschuldigen. Obwohl man das gar nicht rechtfertigen kann. Es ist Schludrigkeit, Schlamperei, mangelnde Sorgfalt. Was noch?«

Ja, sollte er sich doch noch was einfallen lassen! Und wann hörte er denn endlich auf? Er war ja das reinste, wandelnde Synonym-Wörterbuch. Und irgendwie fand ich ihn in diesem Moment mehr als piefig. Er war richtig schräg. Ihn konnte man ja konkret vergessen, wenn es denn gelang. Was ich am liebsten auch tun würde. Konnte er nicht tatsächlich mal einen Herzinfarkt bekommen?

Mama wollte zum Glück nicht mit ins Haus, in dem Romeo wohnt. Sie würde eine Ecke weiter auf mich warten. Ihr Gesicht sah streng aus, nee, eher angestrengt. Ich überlegte einen Augenblick lang, ob sie an meiner Stelle auch gekuscht hätte.

Ja, sie hätte. Sie konnte sich ja bis dahin nicht auflehnen.

Ich war über meine Gedanken ein bisschen erschrocken und wischte sie schnell weg. Ich hatte genug Herzklopfen.

Das Haus sah hell und einladend aus. Ein kleiner Vorgarten. Rechts neben dem Haus die angebaute Garage mit weiß gestrichenem Tor, in der wohl der Ferrarikiller untergebracht war.

Eine Treppe führte durch den Vorgarten, der mit Buchsbaum und hellen Kieselsteinen fast japanisch anmutete, hinauf zur Eingangstür. Ein Messingknopf als Klingel. Daneben ein größeres, blankes Messingschild.

Ich drückte schnell auf die Klingel. Während ich wartete, schweifte mein Blick über das Schild mit dem Namen von Romeos Mutter. Darunter, wie sie telefonisch zu erreichen war und ihre Berufsbezeichnung. Ich konnte nur die Hälfte erfassen, irgendwas mit Psycho…, da öffnete sich schon die Tür. *Psycho* fiel mir noch ein, hatte was mit Seele zu tun.

Es war nicht Romeo, der die Tür öffnete, sondern

seine Psychomutter. Sie sah einigermaßen sympathisch aus, war vielleicht einen Tick älter als Mama und hatte eine Denkfalte über der Nasenwurzel. Es sah nicht hässlich aus. Überhaupt war sie sehr elegant, schwarz-beige angezogen, sehr edel. Und das, obwohl sie jetzt nur zu Hause rummachte.

Was sollte ich zu ihr sagen? Wozu war ich gekommen? Ich hatte mir keinen Text zurechtgelegt. Und außerdem schnürte sich mir schon der Hals zu.

»Ich …«, begann ich und musste mich räuspern, einmal, zweimal, alles verklebt.

»Ich … ich bin in der Klasse von Romeo.«

»Komm doch herein«, sagte sie und lächelte breit, machte eine einladende Bewegung.

Da ging ich ins Haus.

Ich sollte im Wohnzimmer Platz nehmen.

Oje.

Da saß ich und wusste nicht weiter.

»Nett, dass du gekommen bist«, sagte die Mutter. »Romeo ist oben und hört wohl Musik. Du hast Glück, dass er da ist. Vorhin war er noch auf einer Geburtstagsfeier.«

Das wusste ich doch. Der Mutter war aber anscheinend nicht klar, dass es meine Geburtstagsfeier sein sollte. Ich brauchte mich also bei ihr gar nicht zu entschuldigen.

»Kann ich dir was anbieten?«, fragte sie. »Einen Saft oder so?«

Ich schüttelte den Kopf.

»Ach«, sagte sie. »Klar, du willst zu meinem Sohn. Weißt du, ich wünsche meinem Romeo schon lange so eine kleine Freundin.«

Ihr Lächeln war riesig.

Das mit der kleinen Freundin hatte ich doch schon mal gehört. Damals war es Eileen gewesen. Jetzt war ich es. Ich wollte aber nicht mit Eileen auf die gleiche Stufe gestellt werden. Ich war ich. Und ich war nicht Romeos kleine Freundin. Das ging doch gar nicht. Mein Großvater würde an die Decke gehen. Und Mama? Keine Ahnung.

Die Psychomutter sprang auf.

»Was red ich«, sagte sie. »Ich sage ihm Bescheid. Er wird sich freuen.«

Da war ich mir gar nicht sicher.

Sie ging ans Telefon. Aha, sie hatten hier so eine Haussprechanlage. So etwas käme bei uns gar nicht in Frage.

»Schatz, du hast Besuch«, sagte sie, als sie kurz auf eine Taste am Hörer gedrückt hatte. »Ein nettes Mädchen.«

Dann drehte sie sich mit ihrem weiten Lächeln wieder zu mir um: »Er kommt gleich.«

Ja, er kam gleich. Er stürmte die Treppe runter.

»Ach«, sagte er und noch einmal: »Ach«, und dann: »Komm ruhig hoch«, aber mit so einem Tonfall … was soll ich sagen … ein bisschen vorwurfsvoll.

Ich hatte ganz steife Beine, als ich die Treppe stumm hochstapfte. Auch oben, in seinem Zimmer, konnte ich nichts sagen.

Ich sah mich um. Er hat so ein Jungenzimmer, kein Mädchenzimmer, klar, ich meine, es ist ganz anders als das Zimmer von Hannah und mir. Ein Bücherregal, ein Schreibtisch, Computer, eine Liege. Ein schwarz-weißes Bild, auf dem eine glitzernde Autokühlerfigur zu sehen ist.

An einer Wand lehnte sein Fahrrad.

Ein Fahrrad im Zimmer? Wo gab's denn so was?

»Und?«, sagten Romeo und ich irgendwie fast gleichzeitig: »Setz dich.«

»Ja«, begann ich vorsichtig und blickte mich weiter um, weil ich nicht wusste, wohin ich mich setzen sollte. Auf die Liege? Sonst gab es ja nur den Schreibtischstuhl.

»Ja«, sagte er ein wenig genervt. »Setz dich aufs Bett.«

Jetzt saß ich auf Romeos Bett und fand das schon sehr merkwürdig.

Alles war merkwürdig. Ich dachte in diesem Moment, dass ich das mein Leben lang nicht vergessen würde, diese Minute, diese Stunde. Und auch nicht, dass er wieder so ein Krokodilhemd trug, ein grünes. Er sah darin und mit seinen glänzenden Haaren wunderbar aus, wunderbar nach Junge.

Ich glaube, wir waren insgesamt so eine Stunde lang zusammen. Meine Mama vergaß ich vollkommen.

Ich sagte mein Sprüchlein auf: »Ich wollte mich entschuldigen.«

Er sagte: »Meine Mutter würde sagen, warum tust du's dann nicht?«

Seine Psychomutter.

»Also ja«, fuhr ich fort. »Ich entschuldige mich.« Musste ich jetzt jeden Satz um- und umdrehen?

»Wofür?«, fragte er.

Manno, sollte ich das jetzt auch noch bringen?

»Also …«, sagte ich. »Ich hab's einfach vergessen.«

Er nickte.

»Ich hab vergessen, dir zu sagen, dass die Feier ausfällt.«

»Weißt du, was meine Mutter jetzt sagen würde?«

Nee, wusste ich nicht.

»Sie würde sagen, du hast mich extra nicht ausgeladen.«

»Wieso?«

Er zuckte mit den Schultern. »Man macht immer

das, was man eigentlich will. Sagt meine Mutter. Sie ist Psychologin.«

»Hat sie das wirklich gesagt?«

»Nee«, sagte Romeo. »Sie weiß gar nicht, dass die Party ausgefallen ist. Ich meine, sie hätte es gesagt, wenn sie es wüsste. Ich sage ihr nicht alles.«

Dann saß er da und schwenkte auf seinem Drehstuhl von Seite zu Seite. Ich hätte jetzt wieder was sagen sollen, aber mir fiel nichts ein.

»Ein Geschenk habe ich auch schon«, sagte er schließlich.

»Was denn?«, fragte ich.

»Och«, sagte er. »So was … Hat meine Mutter ausgesucht. Ich wusste ja nicht genau … Also, sie hat keine Ahnung, dass es für dich ist.«

Er sagte *ist* und nicht *war*. Aber ich konnte ja jetzt nicht sagen, dass ich das Geschenk gerne haben wollte.

»Sie denkt, es ist für meine Freundin«, sagte er.

Meinte er Eileen?

Ich wollte ihren Namen aussprechen, mit Fragezeichen, aber ich stotterte, »Ei … Ei … Ei …«

Er nahm mir das Wort aus dem Mund.

»Eileen?« Er runzelte die Augenbrauen.

»Ich habe gar keine Freundin«, sagte er da. »Meine Mutter möchte gerne, dass ich eine habe. Ich bin ja auch ziemlich neu in der Klasse. Also, seit letztem August bin ich dabei. Aber ich möchte nicht immer tun, was meine Mutter sagt. Deswegen wollte ich auch keine haben. Ich meine, keine Freundin.«

Jetzt sagte er selber *wollte*. Er drückte sich demnach auch nicht exakt aus.

Mir rutschte raus: »Ich dürfte gar keine haben. Ich meine, gar keinen. Ich meine, Freund und so.«

»Aha.«

Dann fiel uns eine ganze Zeitlang nichts mehr ein, mir nicht und ihm nicht. Aber mir wurde allmählich ganz leicht ums Herz.

Plötzlich sagte er: »Mein Gott, ist das alles peinlich.«

Es war gar nicht peinlich. Ich lachte hell heraus.

Er sagte: »Also, das Geschenk kriegst du ein andermal. Ist das okay?«

»Ja«, sagte ich. »In Ordnung.«

Wann war ein andermal?

Bald?

Na schön, an dem Tag würde ich noch nicht erfahren, was für ein Geschenk er für mich besorgt hatte. Ich musste auch gehen. Mama wartete. Ich hatte sie total vergessen. Sie und alles andere.

Ich stand auf und schaute mich noch einmal im Zimmer um. Ich zeigte auf das Bild.

»Emily«, sagte er. »Rolls Royce.«

Das sagte mir nichts.

»Na, dann …«, sagte ich. »Ich muss nun wirklich gehen. Meine Mutter wartet unten an der Ecke.«

»Oje«, sagte er. »Wirklich?« Er schien ganz entsetzt zu sein, dass ich Mama vergessen hatte.

»Ja«, und jetzt erzählte ich ihm im Schnelldurchlauf die ganze Geschichte.

Wo sollte ich anfangen? Bei meinem Vater und all dem?

Irgendwie ja.

Dass wir vorher in der Pampa gewohnt hatten und uns jetzt hier eingewöhnen mussten.

Wie mein Großvater war, und warum wir überhaupt bei ihm landeten.

Ich erzählte bis heute, bis jetzt, bis Mama unten an der Ecke.

»Oje«, sagte er noch einmal. »Es tut mir leid.«

Er konnte sich richtig verständnisvoll ausdrücken. Das lag an seiner Psychomutter.

»Und das mit deinem Vater tut mir auch leid«, sagte er.

»Och«, sagte ich.

»Und was ist mit deinem Vater?«, wagte ich zu fragen.

Seine Mutter kannte ich ja schon. Er redete ja auch nur über sie. Bisher kein Wort von seinem Vater.

»Also«, sagte er und zuckte mit der Schulter. »Also, ich habe gar keinen.«

Das ging ja wohl nicht.

»Na ja«, sagte er. »Soviel ich weiß, wird meine Mutter diese Geschichte nie richtig erzählen. Sie hat gesagt, sie hat mich haben wollen, und das war's dann.«

»Wie … das war's dann?«

Ich wollte ja keine Einzelheiten hören.

»Sie wollte unbedingt ein Kind, und dann hat sie es drauf ankommen lassen. Das geht irgendwie. Sie meint, ich gehöre nur ihr, und das geht keinen was an. Also, wenn du so willst … ich bin ein absolutes Wunschkind.«

»Ist ja schön«, sagte ich.

»Aber auch ziemlich abgefahren«, sagte er. »Obwohl … Ich meine, sie ist okay, soweit. Sie lässt mich ja in Ruhe.«

Außer in dieser Sache mit der kleinen Freundin, fiel mir ein.

»Na ja«, sagte er. »Ich will dich nicht vollquatschen.«

Ich hätte ihm jedoch stundenlang zuhören können. Außer mit Liv früher hatte ich ja noch nie mit jemandem so gut reden können.

»Oh! Meine Mutter!«, fiel mir dann wieder ein.

Ich wünschte, er würde noch irgendwas Nettes sagen, so etwas besonders Nettes. Aber nee.

Treppe runter.

Ich musste seiner Mutter noch *Auf Wiedersehen* sagen.

»Tschüschen«, sagte sie. »Sagst du mir noch, wie du heißt? Fürs nächste Mal.«

Das nächste Mal? Ich war doch nicht seine kleine Freundin. Er wollte nicht und ich durfte nicht.

»Julia«, beantwortete ich dann ihre Frage zögernd.

»Ach«, sagte sie. »Ach, ach, ach.«

Bitte keine blöde Bemerkung. Und sie beherrschte sich wohl im letzten Moment. Gut, dass sie noch die Kurve gekriegt hatte.

Romeo brachte mich bis zur Haustür.

»Wir sehen uns«, sagte er, ganz nüchtern.

Na klar würden wir uns sehen. Und ich musste aufhören, aus seinem Tonfall etwas herauszuhören, was nicht drin war. Ich musste nicht immer herumphantasieren. Oder nur etwas, vielleicht abends, kurz vor dem Einschlafen.

Drüben wartete Mama, drüben an der Ecke.

»Alles gutgegangen?«, fragte sie.

Ja, Mama, alles ganz okay. Eigentlich bestens.

Aber ich würde kein Wort darüber verlieren. Nicht ihr gegenüber und auch sonst zu niemandem.

7

»Du warst bei ihm?«, fragt mich Hannah, als wir schon im Bett waren. Sie platzte vor Neugier aus allen Nähten. »Das ist doch dieser Junge … dieser Romeo.«

Ja, ja, ja.

»Ich glaube, du hast was mit ihm«, sagte sie.

»Wie kommst du denn darauf?« Ich war vielleicht empört. Ja, wie kam sie denn darauf?

»Du bist so anders«, versuchte Hannah zu erklären.

»Wie … anders?«

»So verknallt.«

»Ich bin nicht verknallt.«

»Aber du siehst so weggetreten aus oder so«, meinte meine kleine Schwester.

Das konnte schon sein. Wenn ich mir die Stunde mit ihm zurückholte, dann plätscherten meine Gedanken einfach so vor mich hin. Ich versuchte ihnen zu folgen, aber sie schwirrten von dannen, einfach so in die Unendlichkeit hinein.

»Hör bloß auf! Wie ich aussehe, geht dich gar nichts an. Er ist nur ...«

»Ja?«

»Ich sehe ihn einfach gerne an, das ist alles.«

»Dann pass bloß auf, dass du nicht schwanger wirst«, sagte meine kleine Schwester.

»Wie bitte? Wovon soll ich denn schwanger werden? Vom Gucken?«

»Ja!«, sagte meine kleine Schwester. »So was kommt von so was. Vom Gucken und vom Knutschen und von sich verlieben. Das haben wir schon in der dritten Klasse gelernt.«

Ich glaube, sie hatte was Falsches gelernt. Und ich sollte mit ihr nicht mehr über Romeo reden. Und schon gar nicht über meine Gefühle. Sie hatte ja von nichts ne Ahnung.

Schon am Montag sah ich Romeo wieder, das war ja klar.

»Hey.«

»Hey.«

Über sein Gesicht huschte ein leises Lächeln, das mir mitten ins Herz fuhr. Vielleicht hatte Hannah doch recht und ich war in ihn verliebt. Aber nur ein bisschen!

Jeden Tag vergingen immer ungefähr zehn Minuten

von der ersten Stunde, in der Frau Mertens die Sache mit den Chipz regeln musste. Jeden Morgen kassierte sie zwei, drei oder auch mehr *Wrestlers,* »Manno!«, und jeden Morgen überprüfte sie die Liste, um einigen ihr Eigentum zurückzugeben, das sie schon eine Woche lang in Gewahrsam hatte.

»So geht es nicht weiter, Leute«, sagte sie.

Aber sie machte trotzdem weiter.

Wir bekamen unsere Aufsätze zurück, zum Glück ohne die Noten vorzulesen. Aber »was hast du?«, »was hast du?«, so ging das Geflüster los.

Ich zeigte Swantje ziemlich verschämt meine Zensur – Aufsätze konnte ich schreiben – und sie nickte neidlos und anerkennend. Ihr Gesicht war ja immer bewegungslos, trotzdem erriet Bastian, der vor uns saß, dass ich nicht schlecht abgeschnitten hatte. Er schnaubte verächtlich durch die Nase. Aber ich war nicht Lehrers Liebling! Ich hatte mich zum Beispiel nicht freiwillig zur Schulhofreinigung gemeldet. Das war Eileen gewesen!

Sie rannte Romeo in den Pausen nach. Er schuftete und sie rannte ihm nach. Sie benahm sich so, als wäre es ein Spiel. Die ganze Zeit kicherte und lachte sie dabei. Nur hin und wieder bückte sie sich, um irgendeinen Zettel aufzuheben. Manchmal lachte er auch. Oder lachte er über sie?

Ich konnte nicht aufhören, sie beide zu beobachten.

»Es ist nur wegen seiner Mutter«, sagte Swantje. »Ich meine … Eileen.«

Meine Güte, sie konnte wohl Gedanken lesen.

Wieso wegen seiner Mutter?

»Na ja«, meinte Swantje. »Weil es denen so gut geht oder so. Das Haus. Das Auto und so.«

Wegen des Ferrarikillers? Ist Romeo so blöd, das nicht zu merken?

»Na ja, und dann sieht er ja auch toll aus«, fuhr Swantje fort.

Das musste sie mir nicht sagen. Aber guckte sie ihn denn auch an? Ich meine, mit *solchen* Augen? Sie sah eigentlich aus, als wüsste sie nicht den Unterschied zwischen Jungen und Mädchen. Sie sah aus wie eine Madonna, weit über gut und böse. Aber man kann den Leuten nur bis an die Stirn schauen und nicht dahinter.

Swantje aber blickte durch mich hindurch. So ganz passend sagte sie: »Keine Angst. Ich habe bei so einem gar keine Chance.«

Ich auch nicht, dachte ich.

Beide, Romeo und Eileen, waren jetzt mit Aufräumen fertig geworden und kamen ins Atrium. Eileen setzte sich auf die unterste Stufe. »Ich bin fix und fertig«, jammerte sie. »Mein Nacken ist voll verspannt. Kannst du ihn mir nicht mal massieren?«

Sie blickte hoch und nach hinten, wo Romeo stand. Er lachte nur und schüttelte den Kopf, aber dann bückte er sich und massierte ihr Nacken und Schultern. Ich dachte, ich sehe nicht recht. Und sie bog und wand sich unter seinen Händen, bis er wohl extra hart zugriff.

»Aua!«, schrie sie auf. »Bist du verrückt geworden?«

»Schluss jetzt«, sagte er.

Ja, Schluss jetzt!

Die Pause war noch nicht ganz rum, als der Direx vorbeihumpelte, heute in Giftgrün. Der musste einen eigenen Schrank für seine Pullis besitzen.

»Ach«, sagte er, als sein Blick mich streifte »ach, du bist doch die …«

Ja, ich war die …

»Ich habe was für deinen Großvater … Du könntest was mitnehmen.«

Ach, herrje.

»Komm doch nach Unterrichtsende bei mir vorbei.«

Jawohl, Herr Oberstudiendirektor.

Es war nur ein Brief, den er mir mitgab.

»Die Einladung zum Jubiläumsfest«, sagt der Direx.

Er lief mit mir und seinem Krückstock den Gang entlang und über den Schulhof. Ich konnte ihm nicht entkommen, weil er in einer Tour redete: »... und wir planen ja ein großes Event mit vielen Überraschungen für alle Anwesenden ...«, und so lief ich neben ihm her, an den Fahrradständern vorbei, wo mein Rad noch angeschlossen war und die letzten Schüler schon ihre Räder nahmen, dazu gehörten Wadim, Carl und auch Romeo, das sah ich aus den Augenwinkeln.

»Obwohl das Fest ja in der Zeitung angekündigt wird«, sagte der Direx. »Aber ich nehme an, der alte Herr braucht eine persönliche Einladung.«

Aus dem Lautsprecher dudelte noch *Gimme More*. Der alte Herr würde vom Hocker fallen, wenn er wüsste, was aus *seiner* Schule geworden war.

Dann waren wir bei der Turnhalle angelangt. Der Direx öffnete die Tür, aus der schon von weitem Musik aus dem *Schwanensee* geklungen und sich irgendwo in der Mitte des Schulhofs mit Britney Spears vermischt hatte.

»Ah!«, sagte er. »Komm rein, schau dir das an. Und da hätte ich beinahe mitgemacht.«

Er lachte sich fast kaputt.

Und es war auch zum Lachen. Da standen einige Schüler aus der Oberstufe in Strumpfhosen und kurzem Tüllrock, und ein paar Lehrer hatten sich auch getraut. Jungs! Männer!

Es war ein ganz und gar irrwitziges Bild, das sich mir bot, und der Direx sagte: »Das wird das Geschenk für Frau Mertens zu ihrem fünfzigsten sein. Und kein Wort davon zu deinem Großvater, könnte mir denken, dass er dann von einem Besuch bei uns Abstand nehmen würde. Ich hätte ja beinahe auch beim Männerballett mitgemacht, aber: *Thank the Lord for Achilles.*«

Dass er dem lieben Gott für seinen Unfall dankte, musste ich mir erst übersetzen.

»Vielleicht hätte ich mir mit dem Auftritt meine Autorität untergraben«, fügte er flüsternd hinzu.

Ich grinste schief. »Ich muss jetzt …«, sagte ich.

»Ja, ja«, sagte er. »Und grüß mir den alten Herrn. Vergiss nicht, den Brief abzugeben.«

Ja, auch das nicht, aber die Grüße würde ich IHM nicht ausrichten.

Dann ging ich zurück über den Hof zu meinem Rad. Romeo hatte sich noch nicht auf seins gesetzt, sondern gerade den Rucksack auf den Gepäckträger geschnallt.

»Hey«, sagte er und blickte kurz auf.

»Hey.«

Wadim schlich vorüber und Carl folgte ihm. Wadim zog seinen Rucksack am Riemen über den Boden.

»Himpelchen und Pimpelchen, die gingen auf einen Berg,« sagte er.

Was?

»Himpelchen hieß Julia, und Romeo war der Zwerg.«

Carl lachte sich schief und bohrte seinem Kumpel vor Vergnügen die Faust in die Brust.

Wadim hörte nicht auf.

»Sie knutschten und küssten und blieben sitzen und wackelten mit den Zipfelmützen.«

Dann ließ er den Riemen des Rucksacks sausen und bekundete sich selber noch Applaus. Und Carl schlug pantomimenhaft weiter auf ihn ein. Mein Gott, war das alles albern.

»Du bist ja total bescheuert«, sagte Romeo.

Das traf es. Es war absurd. Zu blöd. Zu bescheuert. Eigentlich war die Klasse schon lange darüber hinaus, fiel mir ein, *Romeo und Julia, Julia und Romeo* waren schon längst nicht mehr witzig. Aber Wadim hatte noch Spaß dran. Er gickelte noch, als er sich aufs Rad schwang. Den Rucksack hatte er auf einer Seite geschultert.

Aber so kam es, dass Romeo und ich eine Strecke gemeinsam nach Hause liefen. Wir schoben die Räder nebeneinander her und redeten über die Schule, ganz normal, und mein Herz, das anfangs heftig klopfte, beruhigte sich allmählich.

Dann kam die Stelle am Stadtpark, wo ich nach links abbiegen musste, um die Holbeinstraße zu erreichen. Wir hielten dort einfach an, als ob wir alle Zeit der Welt hätten, dabei war es schon spät geworden und Mama würde auf mich warten und wer weiß was denken. Ich glaube, sie trug ihr Katastrophengefühl immer noch mit sich herum.

Wir wollten die Fahrräder noch einen Moment lang abstellen, ganz in der Nähe der Kreuzung, wo auch der Büttelbach fließt. Es war, als ob wir uns nicht trennen konnten.

Romeo meinte, wir müssten die Räder nicht an die Bäume lehnen. Sie würden auch so stehen bleiben.

Na, das sollte er mir mal zeigen!

Er wollte die Räder aneinanderlehnen. Ich sollte meins schräg stellen, dann würde sein Rad, etwas gekippt, meines schon halten.

»Klappt nicht«, sagte ich.

»Klappt wohl.«

»Klappt nicht.«

»Klappt wohl.«

Die Räder wackelten hin und her. Sein Rad war viel kompakter als meins, aber meins schien schwerer zu sein. Es brachte seins zu Fall und uns zum Lachen. Es war wie ein schönes Spiel.

»Klappt nicht.«

»Klappt wohl.«

Dann hatten sich die Räder endlich eingehakt. Mein geschwungener Lenker in seine gerade Lenkstange. Nicht mehr zu trennen.

»Siehst du.«

»Ja, ich seh's.«

Dann setzen wir uns an den Büttelbach. Es war herrliches Wetter. Geburtstagswetter. Ein paar Tage zu spät.

Ich zog meine Schuhe aus. Das Gras kitzelte an den nackten Füßen. Es war ein wunderbarer Tag, und ich musste die ganze Zeit über lächeln. Ach, wie gut, dass niemand wusste ... Ich würde mir was als Erklärung für zu Hause ausdenken müssen. Aber zu Hause war weit weg.

»Was freust du dich so?«, fragte er.

»Ach, nichts«, sagte ich und dann: »Wenn mich einer sehen würde ... Meine Mutter ...«

»Na ja«, sagte er. »Auch gut, dass meine Mutter mich jetzt nicht sieht. Sie würde wer weiß was denken.«

»Bei mir würden sie auch wer weiß was denken.«

»Was denn?«, fragte er da.

»Ach, du Blödmann«, sagte ich.

»Was? Sag das noch mal.«

»Ach, du Blödmann.«

»Na warte!« Er sprang auf, stolperte über seinen Rucksack, fing sich aber noch auf. »Oh, Mist.«

»Hast du dir weh getan?«

»Nee.«

»Ich muss jetzt aber gehen«, sagte ich.

»Das ist dann wohl so«, sagte er.

Mama hatte sich natürlich Sorgen gemacht. Sie stand schon an der Haustür und ER oben auf dem Treppenabsatz.

Ich hatte aber für meine Verspätung eine gute Entschuldigung, weil ich ja die Einladung vom Direx bekommen hatte. Dadurch war die Verzögerung erklärt. Mama war sehr erleichtert.

Ich stiefelte die Treppe hoch und überreichte dem Großvater den Brief vom Direx: »Da.«

»Sagt man das so?«, grummelte er, drehte sich aber schon um.

Also musste ich nicht antworten.

Hannah sah ich an diesem Nachmittag nicht direkt an. Ich hatte Angst, dass sie mich durchschauen könnte. Sie war auch schlecht gelaunt, weil sie bis in zwei Wochen nicht mehr per Handy telefonieren konnte, sie hatte ihre Prepaid-Karte abtelefoniert. Ich konnte es nicht ertragen, wenn sie nicht gut drauf war; ich gab ihr mein Handy. Da ich gar nicht mehr mit Liv telefonierte, hatte ich immer noch ein Guthaben.

Liv – das war für mich vorbei. Darüber wollte ich gar nicht nachdenken. Und mein Handy hatte ich wie früher nur für den Fall dabei, dass was passieren sollte. Aber eigentlich war nichts in Sicht, was passieren könnte, nicht mal, dass Mama einen Job fand. Wir saßen einfach fest in diesem Haus, mit dem Großvater oben, der da wie eine Spinne im Netz hockte. Kein Ende in Sicht.

Hannah war einigermaßen glücklich, als ich ihr mein Telefon zur Verfügung stellte. Das Telefon oben zu benutzen, wäre Selbstmord. ER hielt die Tür zur Bibliothek, in der er sich meistens aufhielt, stets offen und konnte somit alles mitbekommen, was uns betraf. Die Telefonate vom Treppenhaus oben aus sowieso. Das machte nur Mama.

Hannah schnatterte mit ihren Freundinnen unsägliches Zeug,

… und dann hat sie zu mir gesagt, und dann habe ich zu ihr gesagt, und dann hat sie zu mir gesagt …

Aber sie wurde wenigstens los, was in ihrem Kopf vorging.

Als sie endlich einmal eine Pause machte, erzählte ich ihr, warum ich wirklich zu spät gekommen war, ich wäre sonst geplatzt. Ich hätte wissen sollen, dass sie mit ihren elf Jahren viel zu jung und zu blöd war, um die Sache mit mir und Romeo richtig zu verstehen, eine Sache, die eigentlich gar keine Sache war. Zwischen elf und dreizehn Jahren liegt ein ganzes Jahrhundert!

Hannah legte gleich los. »Sag mal, ihr seid den ganzen Weg nebeneinander hergelaufen? Sag mal, was hat er denn so gesagt. Sag mal, hat er dir gesagt, dass er dich liebt?«

»Sag mal …«, wiederholte ich, weil es mich abgrundtief nervte. »Ich sag gar nichts mehr.«

»Ach, komm schon, erst spannst du mich auf die Folter und dann erzählst du mir nichts.«

»Ich hätte die Klappe halten sollen.«

»Dann erzähle ich das Mama.«

»Was willst du ihr erzählen?«

»Na, dass du pubertierst.«

»Was, bitte? Du hast sie wohl nicht alle. Was stellst du dir denn darunter vor?«

»Na … so was eben.«

»Ah ja.«

»Ja«, sagte meine Schwester mit Nachdruck.

»Du weißt doch gar nicht, was das ist«, sagte ich.

»Doch. Du wirst jugendlich.«

Da brach ich in Gelächter aus. Sie war jung und blöd, aber irgendwie war sie doch einzigartig.

Es ergab sich von jetzt an wie von selbst, dass Romeo und ich nach Unterrichtsende zusammen zu den Fahrradständern gingen und den halben Weg weiter zu Fuß, bis zur Ecke am Stadtpark, wo ich dann links herum musste. Ich sah dann zu, dass ich schnell wegkam, ehe es zu Hause wieder Theater geben würde.

»Du hast es immer so eilig«, sagte er.

Ja, nun …

»Meine Mutter wird sich Sorgen machen, wenn ich nicht pünktlich nach Hause komme«, erklärte ich. »Deine nicht?«

»Och …«, machte er, »och … Vielleicht ja, vielleicht nein. Sie würde es mir nicht zeigen, weil …«

Weil … was?

Ich fragte das nicht, aber er merkte wohl, dass er noch eine Erklärung abgeben musste.

»Weil …«, fuhr er fort, »weil sie mich nicht unter Druck setzen will. Sie hat mal so was Ähnliches gesagt.«

Ich nickte.

»Sie ist in Ordnung«, fügte er hinzu. »Sie setzt mich nicht unter Druck, aber trotzdem weiß ich, was sie von mir erwartet.«

Meine Güte, er konnte sich gut ausdrücken. Wahrscheinlich hatte seine Mutter auch mal so was Ähnliches gesagt.

Weil er sich so gut ausdrücken konnte, schrieb er

auch tolle Aufsätze. Ich schrieb die guten Aufsätze, weil ich prima Geschichten erzählen konnte, also … nur auf Papier. Meine Texte waren vielleicht nicht sehr geschliffen, aber sehr beschreibend, als ob ich ein Bild mit Worten malen würde. Mit Aufsätzen Bilder malen … das mochten Deutschlehrer auch.

Mama erwartete von mir und Hannah nur, dass wir keine Probleme machten. Deswegen musste ich mich auch immer schnell von Romeo verabschieden: »Tschüs«, noch ein Blick auf sein Gesicht, das mir vertrauter und vertrauter wurde. Er sah mich immer nur kurz an, ständig nur so ein kleiner Husch.

»Tschüs«, sagte er und dann: »Halt, ich habe heute doch das Geschenk dabei.«

Welches Geschenk? Das Geburtstagsgeschenk? *Mein* Geburtstagsgeschenk? Wirklich?

»Hoffentlich ist es nicht kaputt gegangen«, sagte ich, weil ich nicht wusste, was ich sonst sagen sollte.

»Es kann nicht kaputt gehen«, sagte er. »Und du bekommst es nur, wenn du errätst, was es ist.«

Ich rate gern.

»Ein Buch?«

»Das wäre zu leicht.«

»Eine CD? Eine DVD?« Damit hätte ich aber nichts anfangen können, weil ich gar kein Abspielgerät, keinen Player dafür besaß.

»Weiter!«

Hm, Schokolade, Pralinen?

»Kalt, kalt.«

Oder eine original Box für *Wrestling Chipz* oder den samtenen Beutel dafür, königsblau. Aber was sollte ich damit anfangen, weil ja nur Hannah und ich miteinander mit unseren acht ärmlichen Chipz spielen konnten. Spaß machte das ja nicht gerade, weil wir die gewonnenen Chipz am Ende wieder der anderen zurückgaben.

Da grabschte ich einfach nach dem Rucksack und flitzte damit los. Ich machte das, weil ich es nicht allzu feierlich haben wollte. Das war dort an der Ecke zum Stadtpark.

Romeo rannte gleich hinter mir her, war schneller, fing mich ein. Ich plumpste hin. Er hielt mich fest, wand mir den Rucksack aus den Händen.

Ich wehrte mich.

»Hey, du kleine Zappelliese.«

Das brachte mich ja fast um! Zappelliese!

Ich schüttete mich aus vor Lachen. Da nahm er seinen Rucksack aus meinen Händen und legte ihn zur Seite. Einen Moment lang war er über mich gebeugt, eine kleine Ewigkeit. Mir wurde ganz warm und ich hoffte, ich würde nicht knallrot werden. Das wäre mir peinlich gewesen.

Aber in diesem Moment, genau in diesem Moment!, hatte ich das Gefühl, dass ich mir die ganze Zeit was vorgemacht hatte. Ich mochte ihn, diesen Romeo, ich hatte ihn über alle Maßen gern.

Jetzt könnte er mich küssen, dachte ich da. Jetzt könnte ich ihn küssen. Aber das würde gar nicht gehen. Erstens wollte er nicht und zweitens durfte ich nicht und drittens … Und viertens gab es so was ja auch nur im Kino.

Ich hörte ihn tief einatmen. Sein Blick aber streifte mein Gesicht wieder nur kurz. »Du siehst eigentlich aus wie eine Haselmaus«, murmelte er.

Ich wusste das ja.

»Ist das schlimm?« Ich richtete mich halb auf.

»Nö«, sagte er. »Haselmäuse sind eigentlich ganz niedlich.«

Ich war nicht sicher, ob das ein Kompliment war.

Er hockte sich dann neben mich, und ich wollte endlich mein Geschenk sehen.

»Also, was ist es?«

»Aber lach nicht«, sagte er und war sehr verlegen. Er kramte nach dem Päckchen. Olivgrünes Papier. Goldenes Schleifenband.

Ich dröselte die Schleife langsam auf.

»Mach's nicht so spannend«, sagte er und studierte mein Gesicht.

»Aber dafür hast du es doch so schön eingepackt«, sagte ich. »Damit es spannend ist.«

»Nee«, sagte er. »Eingepackt hat es meine Mutter.«

Hm.

Ich öffnete das Päckchen.

»Oh«, sagte ich. »Was ist denn das?«

Es waren *Main Isle Flip Flops*, die schönsten, die ich je gesehen hatte, ein Riemen rostrot, der andere hellblau mit weißen Punkten. Schwarze Sohle mit einem eingeschobenen hellblauen Keil.

Aber wann sollte ich sie tragen?

Das durfte ja gar nicht rauskommen, dass ich … von ihm … na, eben was geschenkt bekam. Warum genau, konnte ich nicht sagen, vielleicht, weil es was zu bedeuten hätte und irgendwie schwierig werden würde. Es ging einfach nicht. Höchstens könnte ich Hannah unter dem Siegel der Verschwiegenheit davon erzählen.

Ich musste überlegen, wo ich die Flip Flops verstecken könnte. Am besten in meinem Rucksack unter den Schulsachen und dann, bei passender Gelegenheit, in der hintersten Ecke meines Kleiderschranks.

Schade, dass ich sie nicht einfach tragen konnte. Alles würde rauskommen und wäre gleichzeitig vorbei. Mein Großvater würde wie vom Donner gerührt dastehen, und ein Gewitter würde aus seinen Augen sprühen. Als hätte ich gleichzeitig mehrere Gebote übertreten.

»Und?«, fragte Romeo da. »Wie findest du die?«

»Wunderschön«, sagte ich. »Super. Aber wie bist du auf so was gekommen?«

»Ich habe gesehen, wie du diese Dinger von Eileen angestarrt hast. Ich dachte, es sind Badelatschen.«

»Nein, sind es nicht!«

»Ja, weiß ich jetzt auch. Meine Mutter hat sie aber ausgesucht. Sie hat nicht gewusst, für wen.«

»Die von Eileen sind lange nicht so schön«, sagte ich. »Die hier sind richtig …« Mir fehlten die Worte. »Also tausendmal schöner als Eileens … Badelatschen.«

Aber … *Eileen*? Eileen! Da kam wieder ein Gedanke in mir hoch.

Nur Mut, Haselmaus, sagte ich mir.

»Ich dachte, du würdest vielleicht mit Eileen …«

»Was?«

»Mit Eileen …«

»Was?«

»Na ja … gehen. Oder so.«

»Nee«, sagte er.

Warum denn nicht?

»Sie ist mir zu anstrengend«, sagte er.

Dann war's ja gut. Dann brauchten wir ja nicht mehr darüber zu reden. Nie mehr Eileen.

8

Zu Hause schlug der Alltag zu. Mama war unruhig, weil sie sich täglich fragte, ob das endlich mit dem Job klappen würde. Sie hatte da ziemlich konkrete Aussichten.

Oben schlich der Großvater herum. Und das machte uns alle nervös.

»So kann das einfach nicht weitergehen«, sagte Mama. »Ich komme gar nicht zum Nachdenken. Die schwierigen Jahre mit eurem Vater, jetzt hier bei eurem Großvater … Der sitzt mir so im Nacken.«

Uns auch, Mama! Aber sie kannte ihren Vater doch schon ewig!

»Ja«, sagte Mama. »Ich glaube, das war auch das Problem. Ich habe nur einen gegen den anderen eingetauscht. Die Jobsuche bin ich sehr ernsthaft angegangen. Ich musste mir einfach einen Ruck geben.«

»Mama, das finde ich gut«, sagte ich.

Darüber mussten wir lachen. Über den Ruck. Ich war sehr froh, dass wir wieder einmal miteinander lachen konnten. Ich glaube, das hatten wir Monate lang nicht mehr getan. Und Hannah war auch furchtbar wütend auf mich gewesen. Wegen der verpatzten Geburtstagsfeier. Das hatte sich zwar einigermaßen gegeben, aber es hing uns beiden nach. Jetzt hatten wir wenigstens miteinander gelacht, und so sehr, dass ER oben wieder mit dem Lineal gegen das Heizungsrohr klopfte. Da mussten wir noch mehr lachen. Wir lachten allen Kummer weg.

Hannah war aber bei Mamas Ankündigung, dass die vielen Anstrengungen bei der Jobsuche eventuell bald erfolgreich sein könnten, nicht ganz wohl zumute. Sie dachte wohl, es ginge ewig so weiter. Ja, sie war erst elf und noch ein Kind.

»Und wer passt auf mich auf?«, fragte sie.

Ich brauchte niemanden zum Aufpassen. Ich konnte ganz gut alleine auf mich aufpassen. Und manchmal auch auf meine Schwester. Wenn ich dazu verdonnert wurde.

Mama seufzte. »Ich hoffe, dass wir bald ganz auf uns selber aufpassen können. Vielleicht dann auch woanders wohnen können. Also, ich plane das so. Aber bitte, Kinder, das bleibt unter uns.«

»Ein Geheimnis?«, fragte Hannah flüsternd.

»Ja«, sagte Mama. »Wir drei haben jetzt ein Geheimnis miteinander. Sonst werden wir den Großvater kaum ertragen können.«

Nur *sonst?*

Na, jedenfalls trug ich schon zwei Geheimnisse mit mir herum.

»Aber mit schwören.« Das wollte Hannah unbedingt.

Wir schworen. Mit Schwurhand. Jeder leckte zusätzlich seinen Daumen, Zeige- und Mittelfinger ab. Geheim. Besiegelt und beschworen.

Swantje erzählte ich aber schon gleich am nächsten Tag davon. Geheimnisse wiegen schwerer auf der Seele als ein Schwur.

»Oh Mann«, sagte Swantje. »Heißt das, dass ihr irgendwann wegzieht?«

»Aber bestimmt nicht aus der Stadt«, meinte ich.

»Wegen Romeo?«

»Ach was«, sagte ich. »Außerdem sind das alles ungelegte Eier.«

»Was?«

Manno, kannte sie den Ausdruck denn nicht?

»Ich meine, ist ja noch nichts passiert.«

»Oh Mann«, sagte Swantje wieder.

Ich glaube, sie hing an mir. Weil sie sonst niemanden hatte. Und irgendwie war ich ja auch froh, dass es sie gab. Sie war so ein Notprogramm für mich. Denn warum sonst hätte ich ihr gleich ein Geheimnis verraten können? Obwohl ich mich manchmal direkt schämte, dass ich mich ihr nicht so richtig widmen wollte. Ich hatte ja Romeo. Irgendwie.

Ach, ihm erzählte ich auch von der Sache, das fand ich selbstverständlich. Ich erzählte ihm inzwischen eine ganze Menge. Zum Beispiel die Geschichte, wie mein Vater damals nach Hause kam und ich unter das Bett gekrochen war.

Romeo strich mir kurz mit dem Handrücken über den Arm.

Ich berichtete ihm auch vom ersten Tag bei meinem Großvater. Wie er meine Mutter fertiggemacht hatte wegen *en* und *on*.

»Was?«

»Französisch«, sagte ich. Wir waren ja noch nicht so weit in der Schule. Vielleicht konnte ich so was verstehen wie *La mer est bleue*, aber nicht: *La vie en rose*.

»Jedenfalls ist es auf meinem T-Shirt falsch gedruckt,« sagte ich, »und seitdem ziehe ich es nicht mehr an.«

»Interessant«, meinte Romeo.

Er hatte sich am selben Tag noch bei seiner Mutter nach *La vie en rose* erkundigt und alles auf einen Zettel geschrieben, ganz ordentlich, nicht nur auf so einen Schmierzettel.

Die Übersetzung, aber nur ungefähr: *Das Leben in rosa*.

»Und rosa kann für alles stehen«, sagte Romeo. »Für schön sein oder für gut oder für völlig okay.«

Na ja. Dann müsste erst mal dieser Ruck erfolgreich sein, über den Mama und Hannah und ich gelacht hatten.

Und hatte Romeo seiner Mutter erzählt, dass er sich mit mir, mit *mir!*, über so was unterhielt und dass wir nach der Schule bis zur Ecke am Stadtpark zusammen sind und dass wir …?

»Wo denkst du hin«, sagte er. »Ich habe gesagt, das ist mir so über den Weg gelaufen.«

Das? Ich?

»Nee! Der Satz! Und da wir noch kein Französisch haben …«

Alles klar. Und das Weitere wie gehabt.

In der Schule hatten sich Eileen & Co. daran gewöhnt, dass Romeo und ich oft zusammen waren.

»Na«, sagte Carl höchstens mal im Vorübergehen. »Na, da haste dir ja 'ne tolle Braut genommen.« So was sagte er oder was Ähnliches.

»Pschsch«, machte Romeo, nur *pschsch*, das reichte. Und Carl hielt dann schon die Klappe, Carl und Bastian und Wadim und so.

Nur Hannah wollte mich immer ausquetschen. Abends, wenn wir schon im Bett waren. Ich lag meistens auf dem Rücken und starrte Löcher in die Luft, hatte meine Gedanken. Die gehörten nur mir.

Hannah hatte sich meistens auf ihrem Bett gegenüber auf die Seite gelegt und ihren Kopf in den aufgestützten Arm gelegt.

Wie war's ... Was habt ihr gemacht ... Hast du ihn schon geküsst?

»Nee, nix, hör auf, hör endlich auf damit!«

»Ja, was macht ihr denn so, wenn ihr nichts macht?«

»Wir sind einfach so zusammen«, versuchte ich eine Erklärung.

»Dann ist es ja noch nicht richtig«, meinte Hannah.

»Doch«, sagte ich. »Es ist schon richtig.«

So wollte ich es sehen und es reichte mir. Fürs Erste reichte es, das mit mir und Romeo.

»Werdet ihr heiraten?«, fragte Hannah. »Gehört ihr jetzt für immer und ewig zusammen? Und dann wirst du bestimmt auch schwanger werden?«

Sie fragte zu viel. Und ich machte mein Licht aus und wandte ihr den Rücken zu.

Aber Hannah fuhr fort. Ganz leise sagte sie: »Ich will nur einmal schwanger werden, hörst du? Das, was man dafür machen muss, finde ich einfach eklig.

Ich mache das nur einmal im Leben. Und ich will ja auch nur ein Kind.«

Sie redete auch zu viel. Wahrscheinlich hatten sie gerade das Thema *Sexualität* in der Schule. Wollte sie darüber mit mir reden? Nicht mit mir. Und nach einer Weile warf sie sich auch auf den Rücken und knipste ihre Lampe aus.

9

Dann überschlugen sich die Ereignisse. Ich weiß nicht, ob ich das alles noch auf die Reihe kriege. Eins kam zum anderen.

Kurz vor dem Jubiläumsfest der Schule, ein paar Tage vorher, machte Romeo den Vorschlag, dass wir doch mal ins Kino gehen könnten.

»Heute ist Kinotag«, sagte er. »Donnerstags ist immer Kinotag.«

Und was hieß das?

»Heute sind die Kinokarten billiger«, sagte er.

Ja, weil eigentlich keiner auf die Idee kam, sich donnerstags nachmittags einen Film anzuschauen.

Außerdem hatte ich dafür gar kein Geld. Und es würde viel zu lange dauern. Und wenn uns einer aus der Klasse sehen würde. Und … und … und …

»Ich bezahle erst mal«, sagte Romeo. »Komm, sei kein Spielverderber. Das Geld kannst du mir irgendwann einmal zurückgeben.«

Irgendwann? *Irgendwann* reichte doch bis in die Zukunft. Da wurde mir ganz warm und wohlig zumute. Ja, lass uns ins Kino gehen.

Gut, dass wir schon dreizehn Jahre alt waren.

»In welchen Film?«

Es standen einige zur Wahl. Nicht in Frage kam *Horton hört ein Hu!* Aber sonst war alles drin. Welcher Film … das war mir eigentlich völlig egal.

Zu Hause erzählte ich, ich würde mit Swantje ins Kino gehen. Für Biologie, da hatten wir gerade über den Dokumentarfilm *Unsere Erde* gesprochen. Das war also in Ordnung. Mama verstand, dass ich Hannah nicht mitnehmen würde.

Ich war sehr aufgeregt. Zum ersten Mal mit ihm im Kino! Und was hatte er seiner Mutter erzählt? Die nur darauf wartete, dass er endlich eine kleine Freundin haben würde.

»Nix«, sagte Romeo. »Ich muss ihr nicht sagen, was ich mache.«

Ich sah wohl etwas erstaunt aus.

»Sie weiß, dass ich keinen Blödsinn mache«, fügte er hinzu.

Ach so.

Romeo kaufte im Foyer des Kinos außer den Karten auch noch eine Schachtel Eiskonfekt. Musste ich ihm das Geld dafür auch noch zurückgeben? Ging alles von nun an halbe-halbe? Gab es eine Regel für so was?

Es war einfach wunderschön, auf weichen, roten Polstersesseln neben ihm zu sitzen. Ein Sternenhimmel über uns. Musik, die auf der Haut tanzte.

Die Sessel waren gar keine Sessel, sondern Zweisitzer. Wie ein kleines Sofa. Keine Lehne zwischen uns. Weil ich nur die Tunika anhatte und er ein kurzärmeliges Poloshirt (mit Krokodil!) trug, saßen wir Haut an Haut. Ich versuchte, meinen Arm auf meinem Schoß zu halten. Aber der rutschte langsam runter, so dass beide Unterarme, seiner und meiner, schließlich nebeneinander zu liegen kamen. Nein, wir hielten nicht Händchen. Nur Arm an Arm. Hand an Hand. Aber schon deswegen wurde mir richtig heiß. Strahlte Romeo so eine Hitze aus, oder war es einfach die Nähe? Das war doch nicht möglich. Das war doch nicht normal.

Damit mir kühler wurde, aß ich ein Stück Eiskonfekt nach dem anderen. Hups, da war die Schachtel leer. Hatte auch nicht gegen die Hitze geholfen. Hoffentlich nahm er es mir nicht übel, dass ich das Eis fast ganz alleine vernascht hatte. Ich schaute ihn heimlich von der Seite an. Aber es war schon dunkel, und der Film fing an.

Es war ein Liebesfilm. Das hatte ich nicht gewusst.

Und den Titel habe ich schon vergessen, jedenfalls spielte eine Elizabeth eine große Rolle.

Ich hoffte, dass es nicht richtig zur Sache gehen würde. Der Film war ja auch ohne Altersbeschränkung. Ich würde es neben Romeo nicht aushalten, wenn auf der Leinwand was abgehen würde.

Die Geschichte ging so, dass sich zwei Leute ineinander verliebten, obwohl sie sich hassten. Die mussten sich einfach immer wieder weh tun, aber meinten genau das Gegenteil. Er sah ganz streng und cool aus. Entspann dich mal, hätte ich am liebsten sagen wollen, aber der Film lief ja leider ohne meinen Einfluss weiter. Ich seufzte manchmal aus lauter Verzweiflung.

»Ist was?«, flüsterte Romeo.

Nee. War ja nur der Film.

Sie, das war diese Elizabeth, sah einfach klasse aus, total schön. Obwohl sie schon in Gedanken an ihn hinschmolz, zeigte sie ihm die kalte Schulter. Aber in ihr brannte es. Das war schon klar.

Oh Mann, seufz, seufz.

Romeo hatte kapiert, dass ich wegen des Films so litt. Er drückte mit seinem Handrücken gegen meinen. Einen Moment lang wurde ich also vom Geschehen auf der Leinwand abgelenkt, weil mir diese extra Berührung von seiner Hand in alle Glieder fuhr.

Der Kinofilm zog mich aber schnell wieder in das

Geschehen hinein. Liebst du ihn, wurde Elizabeth da gefragt, liebst du ihn? Ja, sagte sie, über alle Maßen. Ich fand, sie sollten sich doch endlich küssen.

Oh ja! Zum Schluss passierte es. Seufz, seufz.

Romeo lachte leise.

Ja, so geht das eben, Manno. Wenigstens im Kino. Er durfte, und sie wollte. Romeo wollte nicht, und ich durfte nicht. Nicht einmal Händchen halten.

Aber schön war es trotzdem gewesen.

Seufz, seufz.

Als wir das Kino verließen, war das Tageslicht so grell, dass man zunächst gar nicht richtig sehen konnte. Außerdem war ich im Kopf noch im Kino. Ich hätte die Zeit am liebsten angehalten. Dann aber schnappten wir unsere Räder, die dieses Mal nicht beieinander standen, sondern hintereinander an das Metallgestänge, das den Bürgersteig von der Straße trennte, angeschlossen waren.

Als ob es abgemacht gewesen wäre, schoben wir die Räder den Weg zurück. Zuerst über die Parkanlage, dann am Büttelbach entlang. Oh, oh, das würde viel zu lange dauern, viel zu lange. Wie sollte ich das alles zu Hause erklären?

Romeo und ich … wir konnten gut miteinander schweigen.

Dann fragte er doch: »Nächsten Donnerstag wieder?«

Also hatte es ihm mit mir im Kino gefallen. Aber nächsten Donnerstag … das würde nicht gehen. Nicht schon wieder einen Film wegen Bio anschauen müssen. Ich konnte eben nicht so, wie ich wollte. Und wenn ich nicht konnte, dann würde er sich vielleicht doch jemand anders fürs Kino suchen …

»Ich weiß noch nicht«, sagte ich also. Ich musste nachdenken.

Da waren wir an der Kreuzung, wo wir uns trennen mussten, er hier herum und ich dort. Wir blieben stehen. Das war noch in der Parkanlage, aber schon mit freiem Blick auf die Straße. Ich klappte noch die Stütze vom Fahrrad aus, damit ich es für *Auf Wiedersehen* nicht festhalten musste.

»Na, dann«, wollte ich schon sagen.

In diesem Moment erstarrte ich. Was ging denn da ab? Ich sah alles kommen, in Sekundenschnelle.

Zwei Autos rasten aufeinander zu. Eines musste doch stoppen, dachte ich noch. Und wieso fuhren sie beide mitten auf der Straße und hielten sich nicht rechts? Hinterher habe ich mich gewundert, was einem in so einer Situation alles durch den Kopf geht.

Einen Moment lang sah es noch so aus, als würden die Autos irgendwie doch die Kurve kriegen, aber sie krachten frontal aufeinander. Der Knall, den der Zusammenprall verursachte, ist nicht zu beschreiben. Unglaublich war auch, was sich dann vor unseren Augen abspielte.

Beide Autos flogen durch die Luft. Überschlugen sich einmal und landeten wieder auf den Rädern.

Dann war Stille.

Romeo und ich schauten uns an, als trauten wir unseren Augen nicht. Was war denn das eben gewesen? Es war wie im Kino.

Rauch oder Dampf oder etwas Ähnliches drang aus dem Innenraum eines der Fahrzeuge.

»Airbag«, sagte Romeo. »Der Airbag ist aufgeplatzt.«

Jetzt öffneten sich die Autotüren und die Insassen stiegen aus. Anscheinend war niemandem was passiert.

Und jetzt zankten sich die Leute auch noch! Einer hatte links herum fahren wollen und der andere rechts oder beide links oder beide rechts oder doch geradeaus? Es war wegen der Schreierei nicht zu kapieren. Sie fuchtelten mit den Armen in der Luft herum.

Einer rief per Handy nach der Polizei.

Romeo und ich standen da wie gelähmt. Die Geschichte konnte man ja keinem erzählen, die war ja wirklich unglaublich.

Aber wir sollten sie den Polizisten darstellen. Die waren in null Komma nichts aufgetaucht, in aller

Ruhe aus ihrem Auto gestiegen und setzten sich erst einmal ihre Käppis auf.

Was sollten wir ihnen sagen?

Einer der beiden Unfallbeteiligten wollte links herum und der andere rechts oder beide links oder beide rechts oder doch geradeaus?

Ich war zu verdattert, um genau zu beschreiben, was geschehen war, und Romeo ging es ähnlich. Er hatte damit angefangen, dass wir im Kino gewesen waren und dann plötzlich das mit dem Unfall miterleben mussten.

Einer der Polizisten schrieb sich unsere Namen und Adressen auf. »Für alle Fälle.«

Kam denn da noch was nach?

»Wahrscheinlich nicht«, sagte der Polizist. »Wie alt seid ihr denn?«

Na, dreizehn.

»Tja«, sagte der Polizist und ließ das *tja* in der Luft hängen.

Erst dann fuhr mir der Schreck richtig in die Glieder. Ich fing an zu zittern, obwohl ich mich beherrschen wollte. Aber ich konnte nicht. Und jetzt fing ich auch noch zu heulen an. Außerdem schwankte die Erde unter mir. Ich glaubte, ich würde umkippen.

Romeo merkte das wohl. Er ließ sein Fahrrad einfach auf die Seite fallen.

»Hey, hey«, sagte er und rettete mich mit beiden Armen. »Tief durchatmen! Tief Luft holen!«

Ja, das machte ich.

Aber das Zittern hörte nicht auf. Mir schlotterten die Glieder. Ich konnte nichts dagegen machen.

»Ist dir kalt?«, fragte Romeo.

Ich schüttelte den Kopf. Mir rannen aber immer noch die Tränen über das Gesicht. Meine Nase tropfte. Weil Romeo mich immer noch festhielt, wurde genau die Stelle oberhalb des Krokodils nass. Er trug ja immer ein Krokodil auf seinem Poloshirt, ganz egal, ob er ein weißes, ein rotes oder ein grünes Hemd anhatte.

»Hast du ein Taschentuch dabei?«, fragte er.

»Nein«, stieß ich schluchzend aus. »Du?«

»Nee«, sagte er. »Nee, habe ich nicht. Mensch, das tut mir leid.«

Das musste ihm ja nicht leidtun. Und mir blieb nichts anderes übrig, als mir mit dem unteren Rand der Tunika die Nase zu putzen. Hoffentlich fand er das nicht eklig.

»Geht's wieder?«, fragte er. »Mann, mir ist auch fast schlecht geworden.«

Ehrlich?

Eigentlich konnte er mich wieder loslassen. Was er jetzt auch machte.

Aber dann! Er drückte mir einen Kuss auf die Schläfe. Ich war so überrascht, weil das ein anderer Kuss war, als ich ihn mir in meinen kühnsten Träumen ausgedacht hatte, ich meine, ausdenken würde. Selbst bei meinen Nachtgedanken war ich immer wieder auf der sicheren Seite geblieben und kurz vor dem ersten Kuss eingeschlafen. Ich hatte mich einfach nicht bis dahin getraut. Und jetzt war es passiert.

Es war kein Film- und Fernsehkuss. Kein Schlabberkuss. Kein Knallkuss.

Es war ein schöner Kuss. Weich, leicht, warm und sanft.

Es war ein Trostkuss.

Durch den Unfall war ich aufgehalten worden. Oje, es war spät geworden. Und hoffentlich sah keiner zu Hause, dass ich geheult hatte. Auf die Fragen *Warum? Weshalb? Wieso?* konnte ich glatt verzichten.

Der Großvater stand im Garten, als ich mit dem Rad in die Einfahrt sauste und stark abbremste.

»Tz, tz, tz«, machte er und schüttelte den Kopf. Dabei sah er mich gar nicht an. Seine Bewegungen – wie er an den Rosenbüschen herumschnitt – waren langsam. Wie knochig seine Arme waren! Überhaupt der ganze Körper. Das Gesicht. Er musste so alt wie ein Dinosaurier sein, mindestens fünfundsiebzig Jahre alt. Annähernd achtzig. Oder sogar weit drüber.

Mama fragte drinnen, warum es so lange gedauert hatte, bis ich wieder zu Hause war.

»War der Film so lang?«

»Ja, was sonst«, antwortete ich patzig und sah mit unsicheren Augen auf Hannah.

Sie schaute mich nur kurz und wie gelangweilt an, aber in ihrem Kopf arbeitete es. Meine Güte, hoffentlich hielt sie die Klappe.

Wir bereiteten gerade zusammen das Abendbrot, nur ein paar Schnittchen, da klingelte es.

Wir erwarteten niemanden.

Es klingelte noch einmal. Mama schaute verwundert hoch. Sie zuckte mit den Schultern. Wir machten plötzlich alle die gleiche Bewegung, Hannah auch. Keiner wusste, was diese Klingelei sollte; inzwischen läutete es Sturm.

Wir drei eilten über den Flur zur Haustür. Ich sah, wie der Großvater oben auf der Treppe stand und sich neugierig runterbeugte. Aber das Klingeln war gar nicht für ihn!

Draußen standen die beiden Polizisten von vorhin. Ich dachte, mich trifft der Schlag.

Sie hatten ihre Schirmmützen auf.

Mama war auch ziemlich erschrocken, als sie die

Beamten sah. Sie schaute erst Hannah, dann mich fragend an. Ob wir was verbrochen hätten?

Dann wandte sie sich wieder den Polizisten zu.

»Ja«, sagte einer von ihnen, nahm die Mütze ab und kratzte sich am Kopf, bevor er das Käppi wieder aufsetzte. »Sind Sie die Mutter?«

Mama legte wie schützend die Arme um mich und Hannah. In diesem Moment hatte ich Mama sehr lieb.

»Ist was passiert?«, fragte sie.

Da polterte auch schon der Großvater die Treppe runter.

»Polizei?«, fragte er, als ob man das nicht sehen konnte.

»Also«, sagt einer der Beamten. »Es ist nichts passiert, also nicht dem Mädchen. Es geht um den Unfall heute Nachmittag.«

»Was für ein Unfall?«, fragte der Großvater drohend.

Der Polizist hob beide Hände hoch, als würde er den Großvater beruhigen wollen.

»Die beiden Fahrzeuge, die da an der Kreuzung zusammengestoßen sind«, sagte der Polizeibeamte. »Und das Mädchen und ihr Freund, die ja gerade aus dem Kino kamen, sind die einzigen Zeugen. Tat uns ja leid, dass sie damit reingezogen wurden.«

Dann wandte er sich direkt an mich. »Hoffentlich

habt ihr beiden wenigstens einen schönen Film gesehen.«

Er fuhr fort, gleichzeitig mit Mama und mit dem Großvater zu sprechen. »Wir brauchen nun aber die Genehmigung der Erziehungsberechtigten. Wegen der Aussage und so.«

Ich spürte fast direkt körperlich, wie die Mama nachdachte und wie der Großvater die Worte in sich sinken ließ.

Hannah sah mich unglücklich an.

»Wiederholen Sie das doch noch mal«, sagte der Großvater.

Mann, der schnallte aber auch nix. Und deswegen hoffte ich, dass der Polizist sich auch irgendwie korrigieren würde.

»Also«, führte der Polizist aber ungerührt weiter aus, »der junge Mann hat vorhin noch mal ausgesagt, da waren wir schon, aber zur Klärung …«

»Welcher junge Mann?«, fragte der Großvater nach.

»Der Freund«, sagte der Polizist. »Der Freund von …«, er schaute jetzt in einem Büchlein nach, dann fuhr er fort »der Freund von Julia.«

»Welcher Freund?«, fragte Mama leise.

»Dieser Junge«, sagte der Beamte und schaute wieder in seinem Büchlein nach. »Romeo heißt er.«

»Aha«, sagte Mama.

»Und?« Der Polizist ging einfach zur Tagesordnung über, als ob nichts geschehen wäre, nichts mit mir und nichts in diesem Haus, aber er hatte keine Ahnung. »Julia, ist dir noch was zum Unfallhergang eingefallen?«

Ich musste mich wirklich total zusammenreißen, um überhaupt Rede und Antwort stehen zu können, mein Kopf ging in eine ganz andere Richtung, nämlich, was nachher kommen würde und so, das ganze liebe Donnerwetter.

»Nee«, sagte ich. »Ich weiß nichts weiter. Ich habe nur gesehen, wie die aufeinander zurasten.«

»Hat einer geblinkt? Nach links oder nach rechts?«

»Ich habe nichts gesehen. Kein Blinker oder so. Nichts.«

»Nur den Aufprall?«

»Ja. Irgendwie schon. Und wie die dann durch die Luft flogen. Ich dachte, das kann doch nicht wahr sein. Die sind durch die Luft gesegelt und landeten wieder auf den Rädern. Ich dachte, das kann doch nicht wahr sein. So war das. Mehr weiß ich nicht.«

»Ja«, sagte der Polizist. »Dann notiere ich mir das mal. Sie sind doch wohl einverstanden?«

Mama nickte. Ich hatte ja auch nichts Schlimmes gesagt, ich sagte nur, was ich wusste.

»In Ordnung.« Der Polizist tippte leicht an den Rand seiner Schirmmütze. »Übrigens hat der Junge genau dasselbe gesagt. Von daher ist das schon aussagekräftig. Es ist nicht immer so, dass zwei Beobachter genau dasselbe gesehen haben wollen.«

Dann drehte er sich um, und der andere Polizist, der nichts gesagt hatte und nur mitgegangen war, drehte sich auch um.

»Schönen Abend noch«, sagte der eine noch.

Schöner Abend?

Ich wusste, dass es gleich losgehen würde. Das Donnerwetter.

Und richtig.

Kaum hatte sich die Tür hinter den Polizisten geschlossen, ging es auch schon los.

Eigentlich ging es nur bei dem Großvater los. Ja, ja, ich wusste schon

... deine Tochter ... treibt sich mit Jungen herum ... steht irgendwo an den Ecken herum ... macht Heimlichkeiten ... treibt sich rum ... und wer weiß noch was ... kein Wunder bei dem Vater ... und das habe ich dir schon immer gesagt ...

Komisch, dass meine Mutter ganz ruhig blieb. Sie schob Hannah und mich an den Schultern in die Küche. Dort drehte sie sich um.

»Es ist gut, Vater«, sagte sie sehr ruhig.

»Nichts ist gut«, brüllte der Großvater.

Seine alte, knarzige Männerstimme überschlug sich fast.

»Ich weiß schon, wo das hinführt. Die kennen doch heute keine Grenzen.«

Mama schloss einfach die Tür. In diesem Moment liebte ich Mama über alles auf der Welt.

Ich setzte mich auf den Küchenstuhl. Vor mir lag das Brettchen mit den Schnitten. Ich würde heute bestimmt keinen Appetit mehr haben und schob das Brett weit von mir.

Hannah saß rechts von mir an der schmalen Seite des Tisches. Ich schaute sie kurz an. Sie machte ein Gesicht, in dem ich lesen konnte. Da stand alles drin: Furcht, Angespanntheit, Mitleid und so was wie … wie Solidarität, so heißt das wohl. Auch Neugier spiegelte sich in ihrer Miene.

Wie würde Mama jetzt reagieren?

»Du machst, was du willst«, sagte Mama, halb fragend und halb als Feststellung.

Was sollte ich darauf sagen?

»Na schön«, sagte sie dann. »Ich finde es traurig, dass du mir was verschweigst.«

Mama, wie hätte ich was sagen können?

»Und dass du lügst!«, fuhr sie fort.

Dazu sagte ich nichts.

»Hast du davon gewusst?«, fragte sie Hannah.

»Von was?« Hannah zog eine unheimlich komische Grimasse, weit aufgerissene Augen, zerfurchte Stirn, verzerrter Mund. Sie kam mit der Frage gar nicht zu Rande und beantwortete sie auch nicht.

»Na schön«, sagte Mama wieder. »Was ist mit diesem Jungen?«

»Romeo«, sagte ich.

»Ja?«, fragte Mama abwartend.

Was sollte schon mit ihm sein?

»Der ist in meiner Klasse«, sagte ich.

»Ist er dein Freund?«, wollte Mama wissen.

Sie führte sich schon auf wie die Polizisten.

»Ich weiß nicht«, sagte ich leise.

»Aber ihr trefft euch manchmal.«

»Ja … nein. Ich meine, wir sehen uns in der Schule. Und dann haben wir uns heute einfach nur so getroffen.«

»Nur so«, wiederholte Mama. »Im Kino.«

»Ja. Er ist sehr nett.«

Mama sagte eine ganze Zeitlang nichts. Schließlich meinte sie: »Euer Großvater hat nur Angst. Er denkt, man könnte so sein wie …«

Obwohl sie stockte, wusste ich genau, was sie sagen wollte. Und dann fuhr sie auch schon fort: »Er hat Angst, dass eine von euch so sein könnte wie euer Vater.«

Hannah und ich wechselten schnell einen Blick. Wir hatten keine Ahnung, wie unser Vater wirklich gewesen war.

»Er hat sich … nun ja … tatsächlich rumgetrieben, hatte Freundinnen, und gespielt hat er auch, Casino und so, nichts auf die Seite gelegt, nur Spaß hat er haben wollen, so lange es ging …«

Weiter, Mama, weiter.

»Es war eigentlich vorauszusehen, dass das schiefgehen würde. Aber wie sollte ich das zugeben? Euer Großvater … wenn er recht gehabt hätte … ich konnte das alles nicht ertragen.«

Ja, das verstand ich.

»Deshalb war ich nicht fähig, irgendwas zu ändern. Ich saß wie festgeklebt in dieser ganzen Situation. Ich muss zu meiner Schande gestehen, dass ich wirklich erleichtert war, als er die Scheidung eingereicht hatte.«

Mama weinte. Hannah stand auf, ging zu Mama und legte den Arm um sie.

»Wir waren auch froh«, sagte Hannah.

Dass sie das so aussprach! Das hätte ich mich nicht getraut.

Ich stand auf und holte ein Paket Papiertaschentücher aus der Kramschublade und reichte es Mama.

»Danke«, sagt sie und: »Ist schon gut. Aber ihr sollt

wissen … ihr seid okay … ich meine … ihr seid prima Mädchen … ich meine … ich liebe euch sehr.«

Wir dich auch, Mama. Aber das war schwer zu sagen.

»Mir wäre es aber lieber, wenn du mehr mit Swantje zusammen wärest«, sagte Mama noch.

»Julia kommt auch immer so spät aus der Schule, weil sie noch mit ihrem Freund quasseln muss«, petzte Hannah.

Mama zog jetzt ein unglückliches Gesicht, und ich schickte Blitze hinüber zu Hannah. Auch wenn Mama heute einigermaßen zugänglich war, brauchte meine kleine Schwester nicht gleich alles auszupacken.

Mama schien ebenfalls irgendwie überfordert. »Ich meine, mehr mit Swantje …«, sagte sie.

Ja, Mama.

Aber jetzt hatte ich doch Appetit auf Abendbrot.

10

Am nächsten Tag hatten wir sozusagen keinen Unterricht. Wegen des Schuljubiläums hatte der Direx so eine Art Projektwoche angesetzt, mit Fotoausstellung und Jahreschroniken. Außerdem sollten die besten Aufsätze aus jedem Jahrgang in einer Mappe zusammengestellt und interessierten Eltern am Festtag überreicht werden.

Zu Beginn der Projektwoche wollten wir in der Klasse eine kleine Feier veranstalten. Und am folgenden Freitagabend würde es dann die groß angekündigte Jubiläumsfeier in der Aula geben.

Der Direx ließ schon die ganze Woche seine Lieblingstitel von vor Jahrhunderten aus dem Lautsprecher erschallen. Laut erklang da *Oh Happy Day* durch den Lautsprecher. Und *Ob-La-Di, Ob-La-Da*. Das war ja fast nicht zum Aushalten.

Ich war an diesem Morgen noch nicht dazu gekommen, Romeo von gestern zu erzählen. Dass die Polizisten da waren, wusste er wohl. Die waren ja auch bei ihm aufgetaucht. Wie hatte er das seiner Mutter erklärt? Und hatte er ihr auch was von dem Trostkuss gesagt? Vielleicht hatte sie da gemeint: *Oh, wie süß*, weil sie sich schon immer eine kleine Freundin für ihn gewünscht hatte.

Ich aber konnte ihm noch nichts von dem berichten, was bei mir nach dem Auftritt der Polizisten kam. Das ganze Theater, besonders vom Großvater. Vielleicht würde ich auf dem Nachhauseweg darüber reden können. Wenn wir alleine waren. Und wie war es denn bei ihm abgelaufen? War da auch alles rausgekommen und seine Mutter war wieder mit ihrer *Eine-kleine-Freundin*-Geschichte gekommen. Eine kleine Freundin? Irgendeine? Dieser Gedanke machte mich ja schon traurig. Es hörte sich so an, als ob es egal wäre, welche …

Als ich in die Klasse kam, sagte Romeo nur, und das mit so einem verschwörerischen Blick: »Alles okay?«

Ich nickte.

Swantje wollte wissen, ob was Besonderes geschehen war.

»Nö«, sagte ich.

»Da ist doch was gewesen«, sagte sie und ihr Madonnengesicht zeigte sogar eine Art von Neugier.

Ach, Swantje! Ich konnte ihr doch nicht alles erzählen.

Und dann kam auch schon Frau Mertens, besonders gut gelaunt. Sie erwartete einen Höllenspaß. Weil sich einige von uns das Spiel *Überraschungskiste* ausgedacht hatten.

Die Überraschungskiste war unser Papierkorb. Und das war dann auch so ein Ding. Ich weiß gar nicht mehr, wer auf die Idee gekommen war. Wahrscheinlich Eileen oder Carl.

Jeder sollte ein Geschenk gekauft haben, nur eine Kleinigkeit. Gut eingepackt. Die Päckchen wanderten in die Überraschungskiste, also in den leeren Papierkorb.

Ich hatte keine Idee, was ich als Geschenk besorgen könnte. Niemand hatte ja gewusst, was für wen war. Mama hatte vorgeschlagen, auf Nummer Sicher zu gehen, das hieß, dass wir ein Reclam-Heftchen gekauft hatten, mit Texten, die vielleicht jeden interessieren könnten. Aber auch nur vielleicht.

Zuerst dachte Mama, ein Dichter mit einem komischen Namen wäre auch für Dreizehnjährige lustig, sie sagte »für Kinder«. Zum Beispiel hatte der Dichter gedichtet: *Ich habe dich so lieb! Ich würde dir ohne Bedenken eine Kachel aus meinem Ofen schenken.*

Ich fand das zugegebenermaßen schon ein bisschen lustig, aber dann doch eher albern. Und Kinder waren wir eigentlich nicht mehr. Mama! Wir waren in der sechsten Klasse!

Das, was wir dann gekauft hatten, würde auch keinen vom Hocker hauen. Es war von Wilhelm Busch: *Wie wohl ist dem, der dann und wann sich etwas Schönes dichten kann.*

Ich wusste nicht, ob ich mich darüber gefreut hätte, aber es hatte eben nicht viel gekostet.

Als nun alle Geschenke in den Papierkorb gewandert waren, meldete sich Bastian gleich freiwillig zum Austeilen. Das hätte mir schon zu denken geben sollen.

Frau Mertens band Bastian die Augen mit einem Schal zu. Mit Eileens schwarzweißem Fransentuch. Und Carl stand gleich neben Bastian. Ich sehe Carl noch genau vor mir, er trug ein T-Shirt, auf dessen Kragen *I am the future* gestickt war, und auf Bastians Hemd prangte der Aufdruck *Hackepeter.*

Bastian zog angeblich die Geschenke blind aus der Überraschungskiste. *Angeblich* wusste er nicht, welches Geschenk er herauszog.

Eileen gab ihm die Stichwörter, sie nannte alle Namen. Jeder musste vortreten und sich sein Päckchen abholen. Mein schmales Büchlein bekam Swantje. Bastian hatte gefühlt, dass es ein Buch ist. Bücher bekam der, der nichts Schöneres verdient hatte. So wird er gedacht haben.

Ausgepackt wurde am Schluss.

Als ich an der Reihe war, reichte Bastian mir ein kleines schrumpeliges Päckchen. Es knisterte etwas.

Wenigstens kein Buch, dachte ich noch.

Ich nahm das Geschenk entgegen, ohne es anzusehen, ich musste immer auf die Schrift auf seinem T-Shirt starren, *Hackepeter*, und fand das zu blöd, aber es passte schon.

Bastian kicherte so komisch. Auch Carl konnte sich kaum einkriegen. Da wusste ich noch nicht, warum.

Wieder auf unseren Plätzen, sollten wir jetzt einer nach dem anderen unsere Päckchen öffnen. Das sollte eine Gaudi werden, aber über ein Buch lachte natürlich niemand.

Bücher gab es viermal, zweimal *Harry Potter und der Orden des Phönix*, über die auch niemand glücklich war, weil alle *Harry Potter und der Orden des Phönix* gelesen hatten.

Was noch?

Ein Glitzerbecher, neonfarbene Füllhalter, Stiftemäppchen, Mon Chéri und natürlich massenhaft neue und gebrauchte *Wrestling Chipsz*, gebrauchte deswegen, weil irgendjemand sie doppelt hatte.

Einer nach dem anderen packte sein Geschenk aus. Als Romeo dran war, konnte ich wenigstens zu ihm hinüberschauen, ihn ansehen, ohne dass es den anderen sonderlich auffiel. Mein Herz war irgendwie aus Zucker, wegen gestern, wegen seiner Geste des Trostes. Das fiel mir ein, *Geste des Trostes*, um nicht ganz banal von einem Kuss reden zu müssen.

Da ich nur auf sein Gesicht sah, auf sein mir so vertraut vorkommendes, liebes Gesicht mit dem aschblonden Haarschopf darüber … da bekam ich gar nicht mit, was er auspackte. Es wird nichts Besonderes gewesen sein.

Schließlich war ich dran. Schon diese gespannten Gesichter der Clique hätten mich warnen müssen. Aber so oder so wäre ich aus dieser Nummer nicht herausgekommen.

Ich dröselte die Schleife auf, entfernte das Papier. Um zu begreifen, was ich da in meinen Händen hielt, dauerte es ein Weilchen.

Ich kannte diese Werbung, die überall hing, die mit Kartoffeln oder Kiwi oder was weiß ich noch alles. Ich wusste, was sich Jungs über ihre Banane, über ihr Ding, ziehen sollten, wenn … Aber ich hatte *so was* noch nie in Händen gehalten.

Sie hatten mir eine Packung Kondome in die Hand gedrückt, Bastian und seine Leute. Ich hasste sie. Alle, aber auch fast alle hatten sich einen irren Spaß mit mir machen wollen.

Ich hörte noch, wie Frau Mertens zuerst »tz, tz, tz«

machte, aber dann brachen die meisten in schallendes Gelächter aus.

Jemand rief: »Mann, das ist ja scharf!«, und lachte sich kaputt.

Und Romeo sagte gar nichts. Gar nichts!

Das hielt ich alles nicht aus. Da fing ich auch schon an zu weinen. Ich schmiss das Päckchen in den Papierkorb, dann schnappte ich meine Sachen und rannte aus der Klasse. Ich konnte den ganzen Weg nach Hause kaum gucken, weil mir die Tränen die Sicht nahmen. Ich musste mein Fahrrad schieben.

Swantje lief mir nach. Sie rief hinter mir her. Aber ich wollte jetzt niemanden sehen. Ich war so unglücklich. Das war der abgrundtiefste Moment in meinem Leben, der schlimmste Tag bisher.

Am liebsten wäre ich danach krank geworden. Ich wollte niemanden sehen. Die blöden Fratzen aus der Klasse. Und auch Romeo mochte ich nicht ansehen. Der hielt sich am nächsten Tag von mir fern. Als ob ihm was angetan worden wäre!

Ich wurde nicht krank. Und wir schrieben unsere Aufsätze.

Frau Mertens schlug die Themen vor:

Die gute Tat

Darüber musste ich herzlich lachen

Im Himmel

Dazu sollte einem was einfallen!

Ich entschied mich für Nummer Sicher und erfand eine gute Tat, die Geschichte von einem Igel, der im Herbst hilflos im Wald gefunden wurde. Der Igel wurde von einem alten Mann mitgenommen, der aus einem Karton einen Unterschlupf für den Winterschlaf bastelte, der dem Igel Schutz und Wärme geben sollte. Der alte Mann häufte Gras auf, setzte den Igel hinein und deckte ihn mit Laub zu. Die Kiste kam in den kühlen Keller und der Mann schaute jeden Tag nach, ob es dem Igel auch noch gut ging. Da er sich nicht rührte, schien das mit dem Winterschlaf auch zu klappen. Aber als das Frühjahr anbrach und sich der Igel immer noch nicht rührte, entfernte der Mann das Laub und entdeckte, dass der Igel tot war. Er war nämlich total ausgetrocknet. Der alte Mann überlegte nun, ob sein Verhalten eine gute Tat gewesen war oder nicht. Er hatte jedoch sein Bestes gegeben.

Meine Geschichte war also keine Happy-End-Erzählung geworden, sondern eine ganz realistische Story, die mich einen Moment lang auch aus meinem wahren Leben aussteigen ließ.

Da der Aufsatz wohlgelungen war, las Frau Mertens ihn der Klasse vor … diese ihre Angewohnheit wurde langsam peinlich, wie immer. Gab's Kritik? Sie fragte immer die ganze Klasse. Keiner hatte jedoch Lust, meine Geschichte zu kommentieren.

Es war klar, dass Romeo auch einen erstklassigen Aufsatz abgeliefert hatte: Im Himmel. Der würde ebenfalls in die Sammelmappe kommen.

Die Geschichte ging ungefähr so:

Für einen Ausflug zur Erkundung des Waldes packte ich zwei Brötchen, eine Flasche Wasser und eine Taschenlampe in meinen Rucksack. Gemächlich schlenderte ich durch den Wald. Es war ein sonniger, spätherbstlicher Morgen.

Ich wusste von einer ziemlich geheimen Tropfsteinhöhle in der Nähe und hoffte, dass ich sie finden würde. Ein leichter, kühler Wind ließ die goldenen Blätter der Bäume rascheln.

Um eine gute Übersicht zu haben, stieg ich auf einen steilen Hang. Da sah ich den Höhleneingang. Als ich mich näherte, stieg kalte, modrige Luft aus der Öffnung. Vor mir erstreckte sich ein dunkler, glitschiger Gang, der sich nach ein paar Metern in der Finsternis verlor.

Vorsichtig und mit vor Aufregung pochendem Herzen betrat ich die Höhle und ging Schrittchen für Schrittchen tiefer in den Berg hinein. Wasser tropfte von der Decke und spiegelte sich im Licht der Taschenlampe.

Das Tageslicht schien nunmehr nur noch von weit her zu kommen und erlosch schließlich ganz.

Ich bemerkte nicht, dass der Gang in die Höhle auf einmal steil abfiel. Ich schwankte, torkelte und stürzte tief hinab. Halb ohnmäch-

tig landete ich auf dem Grund der Höhle. Blut lief aus mehreren Wunden, und ich glaubte, mir alle meine Knochen gebrochen zu haben.

Verzweifelt dachte ich, was würde passieren, wenn ich verblute oder verdurste. Ich konnte nicht aufstehen, mein Bein schmerzte. Es musste gebrochen sein. Mir wurde schlecht. Noch versuchte ich, einige Sekunden lang gegen eine Ohnmacht anzukämpfen, doch dann gab ich auf. Dunkler Schatten umgab mich.

Als ich aufwachte, war die Höhle, in der ich lag, in gleißendes Licht getaucht. Eine Gestalt beugte sich über mich und ich dachte »Bin ich im Himmel?«

Da erkannte ich aber meine Mutter. »Du lebst!«, stieß sie hervor. »O mein Gott, du lebst!« Sie umarmte mich stürmisch.

So war ich schließlich gerettet und froh, doch noch zu leben und auf der Erde zu sein.

Auch zu Romeos Aufsatz wollte niemand eine Bemerkung machen. Da meldete ich mich. Ich hatte eine Stinkwut auf ihn. Wegen seines Verhaltens seit besagtem Tag, wegen seiner Geschichte und überhaupt.

Ich sagte, dass er seine Phantasie zügeln müsse. Mehrere Ausdrücke würde ich bemängeln. Schrittchen für Schrittchen zum Beispiel. Und dass die Knochen alle seine wären, sei auch überflüssig, denn wessen sonst. Und dann die Sache mit der Mutter, haha. Wer hätte denn vermutet, dass es die Mutter sein würde, die im Himmel auftauchte? Die Mutter!

Zum Glück fragte Frau Mertens nicht nach, wer es denn hätte sein sollen.

Ich weiß nicht, hätte er geschrieben, dass ein Mädchen erschien, wäre ich in dem Moment wahrscheinlich genauso sauer gewesen, denn es hätte ja irgendeine sein können. Ich hätte mir gewünscht, es würde einen Hinweis auf mich geben. *Himmel* und *ich* hätten zusammengepasst. Aber nee. So ging's schon mal gar nicht. Ich war außer mir.

Er sagte nichts. Er ging in der Pause nach vorne und bat Frau Mertens, seinen Aufsatz nicht in die Sammlung mit aufzunehmen.

Pah!

Auch noch beleidigt, was?

Am Freitagabend fand das Jubiläumsfest statt! Natürlich musste ich hingehen. Ich hatte gar keine Wahl. Mama machte sich schon fertig und Hannah freute sich auch, meine verrückte Schule kennenzulernen. Wo der Direktor ziemlich schräg war und die Schüler machen durften, was sie wollten.

Und mein Großvater? Schon eine Stunde, bevor wir losgehen wollten, stand ER parat. Anzug, Schlips und auf Hochglanz polierte schwarze Schuhe. Er nahm die Einladung sehr ernst.

Er klopfte an die Tür zu unserer Küche, in der wir

uns ja meistens aufhielten. Der Raum war ziemlich groß. An drei Wänden waren Küchenober- und unterschränke montiert. In der Mitte stand der riesige Esstisch aus Holz, auf den wir nie eine Tischdecke legten. Hier erledigten Hannah und ich meistens auch unsere Hausaufgaben.

Von der Küche ging es raus auf eine kleine überdachte Terrasse und von dort in vier Stufen hinunter in den leicht abfallenden Garten, in dem außer Rosen keine Blumen blühten.

Der Großvater klopfte zweimal und trat sofort ein, ohne eine Antwort abzuwarten.

Da stand ER im Türrahmen. »Und?«, fragte er barsch.

Sollten wir denn schon fertig sein?

Ja, so hatte er sich das gedacht.

»Vater!«, sagte die Mama vorwurfsvoll. Sie traute sich das. »Es ist doch noch Zeit!«

Er machte eine Bewegung, als wollte er noch einmal auf seine Armbanduhr schauen, hielt aber inne und sagte: »Ich will pünktlich sein.«

»Dann geh du schon mal«, sagte Mama.

Da war er ein wenig verunsichert. Er schien vor- und zurückzuschwanken. Dann aber drehte er sich abrupt um. »Ja, ich gehe schon.« Er sah jetzt aus wie ein knorriger Eichenstamm.

Gut, dass ER schon fort war. Es wäre auch schrecklich gewesen, mit ihm an der Seite durch die Stadt zu laufen. Und zum Glück nahm er nicht das Monsterauto. Wusste er inzwischen, dass er eigentlich nicht mehr ganz Herr der Dinge war?

Es würde sowieso ein fürchterlicher Abend werden. Dass ich auch noch abends all diese Gesichter sehen musste! Die ganze Klasse, Frau Mertens, die nichts als *tz, tz, tz* zu der Sache mit den Kondomen geäußert hatte, und Romeo, der auch keine große Hilfe gewesen war und auch nicht sein wollte.

Ich hatte von allem die Nase voll. Ich wollte ins Bett und mir die Decke über den Kopf ziehen und die Welt vergessen. Das war aber nur ein frommer Wunsch.

Als wir uns schließlich auf den Weg gemacht hatten, nahm ich Mamas Hand. Sie drückte meine und ließ sie nicht los.

Der Lärm, der von der Schule ausging, war schon von weitem zu hören. Der Direx hatte voll aufgedreht. *In the Year 2525* erschallte es aus den Lautsprechern. Da würden wir schon alle nicht mehr leben.

Himmel, da stand ER neben dem Direx. Ein Unterschied wie Tag und Nacht. ER stocksteif, alt und auch schon sehr klapprig, fiel mir jetzt auf. Der Direx heute breit grinsend und im zartblauen Pullover.

»Und da kommt ja auch schon das Fräulein Enkeltochter«, sagte er.

Peinlich!

Na, da waren wir wieder alle beieinander. Außerdem lungerten noch einige aus unserer Klasse und immer dieselben aus der Fünften und unserer Parallelklasse herum. Auch heute konnten sie es nicht lassen, um ihre *Wrestling Chips* zu pokern. IHN regte das wohl auf. Er war irritiert.

»Also …«, begann der Großvater, » … das sieht ja richtig nach einer Sucht aus.«

»Das kann man so oder so sehen«, sagte unser Direktor. »Aber wenigstens spielen sie wieder miteinander, nicht wahr, mein Lieber?«

Darauf konnte ER nichts entgegnen.

Für den Oberstudiendirektor a. D. hatte der Direx einen Ehrenplatz in unserem Atrium, vorne in der ersten Reihe, reserviert, so dass Mama, Hannah und ich uns setzen konnten, wohin wir wollten.

Ich blickte mich vorsichtig um.

Nach wem?

Ja, nach Romeo.

Er war mit seiner Mutter gekommen. Unsere Blicke streiften sich nur ganz kurz. Schade, dass er nicht reagierte. Wegen seiner Mutter? Wegen der ganzen Klasse? Wegen der Geschichte mit der Überraschungskiste?

Wahrscheinlich setzte ihm alles, was mit mir zusammenhing, so zu, dass er am liebsten nichts mehr mit mir zu tun haben wollte.

Ich war total in Gedanken und mit mir selbst beschäftigt, dass Mama mich mehrmals mit dem Ellbogen anstupste.

Ging es schon los?

Das Atrium war bereits ziemlich voll, eine Runde Stühle vorne für die Ehrengäste, dann all die Stufen, auf denen die Schüler saßen, und schließlich, ganz oben, wiederum Stuhlreihen.

Mama wies mit dem Kopf zur Seite. Da stand Frau Mertens und bedeutete mir, zu ihr zu kommen. Mama hob fragend die Augenbrauen und ich zuckte mit den Schultern. Keine Ahnung, um was es ging.

Na schön, da blieb mir nichts anderes übrig, als mich durch die Reihen zu drängen.

Frau Mertens nahm mich wortlos an die Hand und zog mich mit sich. Raus aus dem Atrium, den Gang entlang bis ins Zimmer vom Direktor.

Er sah nicht mehr so strahlend aus. Vor ihm, am Besprechungstisch, saßen wie mehrere Häufchen Unglück Wadim, Carl, Bastian und Eileen. Sie konnten mir nicht in die Augen sehen.

Ich wusste gar nicht, dass der Direx so laut werden konnte. Er drehte voll auf. Und das am Jubiläumstag!

Er machte die vier zur Schnecke. Wegen der Sache von neulich und überhaupt.

Frau Mertens hatte gepetzt. Das alles war mir total unangenehm.

»Ich lasse meine Schüler ja gerne an der langen Leine laufen«, donnerte er, »aber alles hat seine Grenzen, und ihr Kasperköpfe habt sie am letzten Montag überschritten.«

»Wenn nicht schon die ganze Zeit«, fügte Frau Mertens hinzu.

»Wenn nicht schon die ganze Zeit!« Der Direx nahm ihre Worte auf. »Ich werde es nicht dulden, dass auch nur einer meiner Schüler malträtiert wird.«

»Oder eine meiner Schülerinnen«, ergänzte Frau Mertens.

»Oder eine meiner Schülerinnen«, echote der Direx.

Ich wunderte mich, dass er immer *meine* sagte, *meine Schüler*, aber gleichzeitig gab mir das ein Gefühl von Geborgenheit.

Wadim wagte es, den Blick zu heben. »Wir haben ja nur Spaß gemacht«, sagte er.

»Der Spaß ist vorbei«, sagte der Direx und schaute von einem zum anderen. »Haben wir uns verstanden?«

»Ja«, flüsterte Wadim.

»Lauter«, sagte Frau Mertens.

»Lauter«, wiederholte der Direx.

»Ja«, sagten dann alle vier wie im Chor.

»Und jetzt entschuldigt euch bei …«

»Julia«, gab Frau Mertens das Stichwort.

»Und jetzt entschuldigt euch bei Julia.«

Wadim erhob sich sogar. »'tschuldigung«, sagte er.

»Ich finde, sie sollten sich auch die Hände reichen«, meinte Frau Mertens.

Um Himmels willen.

Aber der Direx tat heute alles, was Frau Mertens vorschlug.

»Ich finde, ihr solltet euch auch die Hände reichen«, griff er auf.

An Peinlichkeit war das ja nun nicht mehr zu überbieten.

Sie standen jedoch alle auf, nach Wadim auch noch Carl, Bastian und Eileen. Wir reichten uns die Hände und die Kasperköpfe sagten ihre Sprüchlein auf, *Entschuldigung, Julia* und *Wir haben ja nur Spaß gemacht*.

Wadim sagte noch: »Tut mir leid, dass ich das mit dem Überraschungsgeschenk neulich verkackt habe.«

Schließlich war es nicht mehr peinlich, sondern nur noch komisch. Als Eileen als Letzte zu mir kam, prustete ich heraus. Ich musste alles weglachen, sogar mit Tränen in den Augen.

»So ist es richtig«, sagte unser himmelblaue Direktor. »So ist es gut.«

»So ist es richtig, so ist es gut«, wiederholte nun Frau Mertens.

Meine Güte, das war ja vielleicht ein Pärchen, der Direx und Frau Mertens!

»Müssen wir jetzt die ganze Aktion noch mit dem jungen Mann veranstalten?«, fragte der Direx.

Junger Mann!

»Müssen wir nicht«, sagte Frau Mertens. »Der hat genug Selbstbewusstsein.«

»Wie heißt er eigentlich?«, wollte der Direx noch wissen.

»Romeo«, sagten dann die vier aus meiner Klasse, wiederum wie aus einem Mund.

Der Direx stutzte einen Moment, dann zuckte sein rechtes Auge leicht, aber er konnte sich beherrschen.

»Aha«, sagte er nur. »Aha.«

Er begann wohl zu verstehen.

»Also schön«, sagte er. »Lasst uns jetzt feiern.« Und wir verließen zusammen das Zimmer, Frau Mertens, der Direktor und fünf seiner Schüler.

Seiner Schüler!

Mama wollte wissen, was los gewesen war, aber ich würde ihr das nicht erzählen, niemals, ihr nicht und auch Hannah nicht.

Der Direx hielt jetzt die Eröffnungsrede, in der viel

von *moderner Schule* die Sprache war und von *Freiheit* und von *Selbstbestimmung*.

Hannah gähnte die ganze Zeit, so dass Mama ihr jetzt den Ellbogen in die Seite bohrte. Nützte nichts.

Vorne saß der Großvater. Die Rede vom Direx behagte ihm wohl nicht, er ruschelte auf seinem Sitz hin und her und überschlug die Beine, wechselte aber dauernd die Lage. Und ich dachte, dass trotz aller Freiheit und *Ob-La-Di, Ob-La-Da* so ein Rumms wie heute fällig war, das war doch alles Scheiße gewesen.

Nach der Rede kam der vergnügliche Teil. Die Schülerband spielte *Crocodile Rock* und dann ausgerechnet *Two Hearts Beat As One*, das brachte mich dann fast zum Weinen, kaum konnte ich mich beherrschen.

Vielleicht war das alles zu viel für mich gewesen. Die eine Sache war ja jetzt in Ordnung, aber die andere Sache, die *Romeo* hieß, ganz und gar nicht. Mit ihm könnte ich auch nicht über das, was am Montag passiert war, sprechen, über die Überraschungskiste, niemals.

Schließlich kündigte unser Direktor ein Ballett an. Er tat sehr geheimnisvoll. Frau Mertens, »meine liebe Kollegin«, musste aufstehen, nachträgliche offizielle Geburtstagswünsche zu ihrem fünfzigsten entgegennehmen.

Überraschung!

Dann traten die jüngeren Lehrer und einige Oberschüler auf. Strumpfhosen und Tutu.

Zuerst schrie Frau Mertens vor lauter Entzücken auf und dann der ganze Saal. Die Musik kam jetzt vom Band: *Tanz der vier kleinen Schwäne.* Es waren aber sechs Herren, die da mit grimmigem Gesicht ihre Vorführung absolvierten, *tatatatatatatamtatata.*

Sie bekamen großen Applaus, und dann erklärte der Direx auch, woher seine Verletzung an der Achillessehne herstammte.

»Fast hätte ich das ganze Vorhaben versemmelt«, sagte er.

Dass er das so formulierte, erheiterte den ganzen Saal noch einmal.

Am Ende gingen viele Leute vor zum Direx, um ihm für den Abend zu danken und für die gelungene Vorstellung zu gratulieren. Und natürlich auch auszudrücken, wie gerne sie ihn im Ballett gesehen hätten, hahaha. Die Sammelmappe mit den Aufsätzen hatte nicht viele Interessenten; ein ganzer Stapel blieb unberührt liegen.

Der Großvater stand neben dem Direx, weil er sich von seinem Nachfolger verabschieden wollte, aber gar nicht dazu kam. Wir wollten IHN abholen und drängten uns mit vielen anderen vor, darunter war auch die Mutter von Romeo.

»Wir kennen uns doch«, sagte sie mit ihrem hinreißendsten Lächeln, als sie mich sah.

Ja, wir kannten uns. Aber was soll's?, dachte ich. Er jedenfalls, Romeo, war nicht zu sehen.

Dann verlief sich die Menschenmenge langsam, und der Direx konnte sich dem Großvater widmen.

»Verehrter Herr Kollege«, sagte er. »Ich hoffe, Sie haben den Abend genossen.«

»Na ja ...«, sagte der Großvater.

»Fein, fein«, sagte der Direx. »Natürlich hat sich bei uns viel verändert, seitdem ...«

»Na ja ...«, sagte der Großvater wieder, aber er kam gar nicht dazu, sich konkret zu äußern, und vielleicht wollte der Direx es auch gar nicht dazu kommen lassen. Er legte den Arm um die Schultern von IHM.

»Die Welt ändert sich so schnell«, meinte er. »Wir müssen uns ständig auf neue Dinge einstellen und mit der Zeit gehen und die gibt ein rasantes Tempo vor.«

Der Großvater holte tief Luft. »Na ja ...«

Aber er kam wieder nicht zum Zug, und irgendwie tat er mir plötzlich leid, er war ein Auslaufmodell.

Der Direx verabschiedete sich von Romeos Mutter: »Meine gnädige Frau«, und dann von Mama: »Meine gnädige Frau«, und dann sagte er zu mir: »Ich denke, alles ist gut?«

Ich nickte. Ich hoffte das auch, und der Direx sagte zum Großvater: »Ihr Fräulein Enkeltochter hat sich in dieser kurzen Zeit in unserer Schule bewundernswert schnell eingegliedert. Außerdem …«

Er drehte sich um und suchte mit den Augen den Saal nach Frau Mertens ab. »Außerdem schreibt sie wohl hervorragende Aufsätze, wie mir bekannt ist.«

»Ach ja«, sagte der Großvater. »Ach ja?«

Na ja, von Mathe war jedenfalls nicht die Rede und von was anderem zum Glück auch nicht.

Dann zogen auch die Blödmänner und noch einige aus meiner Klasse an uns vorbei.

»Frohe Weihnachten«, rief Wadim lachend, »und ein gutes neues Jahr.«

Der Direx drohte ihm mit dem Finger.

»Ich mache doch nur Spaß«, sagte Wadim.

»Jaja«, sagt der Direx bedeutungsvoll. »Deinen Spaß kenne ich jetzt, mein Freundchen.«

Mein Großvater sagte zu mir: »Gab's da nicht noch … war da nicht noch so ein junger Mann in deiner Klasse?«

Junger Mann? Das war wohl Lehrersprache.

Aber der junge Mann war schon weg.

Swantje lief mit uns nach Hause. Von ihren Eltern war niemand gekommen. Es war ja Freitagabend, und der Supermarkt vom Vater hatte bis jetzt geöffnet.

Warum dann die Mutter nicht mitgekommen war, wusste ich nicht. Swantje war irgendwie auch nur ein armes Schweinchen.

Mama lief voran. Sie hatte Hannah an die Hand genommen. Meine kleine Schwester!

»War noch was?«, fragte Swantje mich flüsternd.

»Nee«, sagte ich. »Sie haben nur was auf den Deckel bekommen.«

»Wer? Alle?«

»Alle Blödmänner«, sagte ich.

11

Der Samstag verging und der Sonntag kam. Nichts passierte.

Ich war nachmittags nach draußen gegangen und saß nun auf der Terrassentreppe, die hinunter in den Garten führte. Ich war dreizehn und wollte, dass was passierte. Dass jemand klingelte oder so.

Hannah hatte sich die neueste Fernsehzeitung geschnappt. Sie saß auch hier draußen und balancierte mit ihrem Stuhl. Auf der Suche nach einem Film, den sie sich anschauen durfte, wendete sie die Seiten raschelnd um. Dieses Rascheln und auch das Klopfklopf der Stuhlbeine ging mir auf den Keks. Ich konnte mich in dem Moment nur darauf konzentrieren.

Drüben sah ich den Großvater im Wintergarten zwischen seinen Pflanzen, wo er trockene Blättchen abpflückte. Hörte ich nicht von da auch schon das leise Schnippen, das ein Blättchen verursachte, wenn es brach?

Mama ging drinnen auf und ab und bereitete sich auf ein erfolgversprechendes Bewerbungsgespräch vor. Sie murmelte vor sich: »Nach der Babypause habe ich meinem Mann bei seinen Aufgaben … bei seinen Geschäften … nein, bei seinen geschäftlichen Verpflichtungen … Himmel, das hört sich alles doof an.« Hoffentlich fiel Mama noch was Passendes für die Zeit ein, in der sie nicht berufstätig war. Damit sie diesen Job endlich bekam. Er musste nicht toll sein. Gut würde schon genügen.

Das Tor zum Vorgarten quietschte. Ich hörte Schritte, das Knirschen auf den Steinchen, die auf dem Plattenweg liegen geblieben waren.

Den Zugang zum Haus sollten Hannah und ich einmal wöchentlich fegen, damit ER mit uns zufrieden war. Aber wir machten das lustlos, und ich wusste, wir hatten die Platten nicht richtig gesäubert.

Es klingelte.

Der Großvater war wieder mal schneller als Mama. Er öffnete die Tür. Ich hörte seine knarrende Stimme, die mir durch Mark und Bein ging. Ein Geräusch wie von einem alten, knorrigen, ächzenden Baum.

»Na, junger Mann«, blaffte der Großvater den Besucher an, aber ich konnte aus diesen Worten schon schließen, wer da gekommen war.

Romeo!

Ich war stocksteif und guckte blöd vor mir auf die Stufe, wo zwei rötliche Käfer in ein und dieselbe Richtung hetzten. Krampfhaft überlegte ich, wie sie heißen konnten, das hatte ich doch schon mal gelernt, Feuerkäfer oder Sandlaufkäfer, alles vergessen, konnte keinen Gedanken mehr fassen.

Mama musste inzwischen auch in den Flur gelaufen sein. Sie wimmelte den Großvater ab.

»Komm rein«, sagte sie, »komm ruhig rein«, und führte Romeo durch die Küche hinaus auf die kleine Terrasse, wo ich auf der Treppe zum Garten saß und aus Stein war.

Was sollte ich machen? Ich war tot.

»Hey«, sagte Romeo, als wäre nichts gewesen.

Ich versuchte den Kopf zu drehen, verrenkte mir fast den Hals.

Er war im Türrahmen stehen geblieben.

»Hey«, wollte ich auch sagen, aber meine Stimme war total verklebt, ich musste mich räuspern, dann ging's einigermaßen. »Hey.«

Er setzte sich einfach zu mir auf die Treppe.

»Hannah!«, rief Mama.

»Was ist?« Meine Schwester schaute unwillig auf.

Mama musste ihr mit den Augen gesagt haben, dass sie sich hinüber in die Küche bequemen sollte.

»Manno!«

Ich wusste, meine kleine Schwester war neugierig, wie die Geschichte nun weiterging, die Geschichte hier und jetzt zwischen Romeo und mir. Aber sie wusste nicht, was vor zwei Tagen geschehen war, diese bodenlos peinliche Sache, über die ich nie, nie mehr reden wollte. Mit niemandem, und vor allen Dingen nicht mit Romeo.

Romeo trat einen Schritt zurück, um Hannah vorbeizulassen, und Mama schloss Gott sei Dank die Terrassentür.

Er sagte nichts, und ich sagte nichts. Von mir aus, dachte ich, von mir aus können wir hier sitzen bis in alle Ewigkeit.

»Hey«, sagte er wieder.

Ja, und?

Pause.

Schließlich: »Ich wollte sagen …«

»Wollte?«

»Na, du weißt schon. Ich will sagen, dass das neulich in der Schule total blöd war.«

»Ja«, sagte ich.

»Ich musste das erst mal verdauen.«

»Ja«, sagte ich wieder. Ich wusste genau, was er meinte.

»Die haben sich aber auch was Bescheuertes einfallen lassen. Vergiss es einfach.«

Ich zuckte mit den Schultern. Ich würde jedoch mein Leben lang an diesen Tag denken.

Dann schwieg er wieder. Nach einer Weile wandte ich meinen Kopf, aber nur ein bisschen. Von der Seite schaute ich ihn eine Sekunde lang an. Er blickte auch gerade kurz auf mich, mit diesem etwas scheuen Blick, den ich so gern hatte.

Dann sahen wir wieder stumm in den Garten, und ich hoffte, dass das Gespräch, dieses Thema, nicht weiterging.

Schließlich fragte ich: »Was hast du denn bekommen?«

»Na«, antwortete er ganz schnell, als wäre er sehr erleichtert, dass wir wieder miteinander reden konnten. »Das war so'n Schlüsselanhänger mit Seepferdchen. Auch doof.«

Aber immerhin.

Und dann sagte er: »Was für'n beknacktes Gespräch.«

Ich nickte, ja, total beknackt.

Dann kam zum Glück Hannah wieder aus dem Haus geschossen. Sie hatte meine Flip Flops in der Hand. »Woher ...«

»Hab ich aus dem Schrank geholt«, sagte sie. »Lagen doch ganz hinten. Willst du sie tragen, oder schenkst du sie mir?«

»Hannah!«

»Und seid ihr jetzt zusammen?«, brüllte sie.

Kann sie denn nicht einmal die Klappe halten?

Aber Romeo sagte schon: »Ja, wir sind zusammen. Oder so.«

Er hatte mich gar nicht gefragt. Das hatte er für sich entschieden. War das in Ordnung? Dass wir zusammen waren, *oder so*, war mir ja schon längst klar gewesen.

Trotzdem sagte ich: »Aber nur ein bisschen.«

Ich wollte wirklich nur ein bisschen mit ihm zusammen sein, das reichte doch für den Augenblick. Bevor all das anfangen würde mit richtig Knutschen und so.

Wir saßen auf der Treppe und ließen Hannah nicht durch. Sie wollte sich dazwischenquetschen, aber wir beide, Romeo und ich, lachten wie blöd und rundherum erleichtert und rückten mehr und mehr zusammen.

Hannah fuchtelte mit den Flip Flops vor meinen Augen herum, und da riss ich sie ihr aus den Händen.

»Manno!«

Ja, das waren doch meine, und ich brauchte sie nicht mehr zu verstecken. Ich zog meine Sandalen aus und schlüpfte in die Flip Flops. Sie sahen toll aus. Richtig schick. Romeo und ich sahen uns wieder nur kurz an und mussten grinsen. Das mit den Flip Flops war ja irgendwie eine richtige Geschichte.

Wir redeten dann gar nicht mehr groß miteinander, obwohl ich Romeo viel fragen wollte, ich musste ganz viel von ihm wissen.

Wie er seine Mutter nannte.

Mama?

Wo er früher gewohnt hatte.

Was er mal werden wollte.

Ob er Spaghetti mochte.

Und ob er sich die Poloshirts mit dem Krokodil drauf selber aussuchte.

Räumte er sein Zimmer gerne auf?

Aber das alles rauszukriegen, hatte ich ja noch Zeit. Irgendwann wollte ich mich auch für meine Bemerkungen über seinen Aufsatz entschuldigen. Hätte er denn schreiben sollen, dass ich mich in der Höhle über ihn gebeugt hätte und er sich im Himmel dachte? Manno, das wäre oberpeinlich gewesen.

Dann fiel mein Blick auf die Fensterscheiben des Wintergartens. Da stand ER, mein Großvater, und glotzte herüber. Hatte er was auszusetzen?

Mir doch egal.

»Möchtest du bei uns zu Abend essen, Romeo?«, fragte Mama da. »Es gibt Spaghetti.«

»Wenn ich nicht störe«, sagte er.

Nein, natürlich nicht. Aber wir waren nun leider nicht mehr alleine. Dabei hätte ich ja diese vielen Fragen an ihn gehabt. Eine davon hatte er jedoch gerade schon beantwortet.

Er mochte Spaghetti!

12

Was gibt's noch zu sagen?

Eine ganze Menge.

Jetzt bin ich schon in der achten Klasse. Ich will die ganze Geschichte, die im letzten Jahr und zum Ende der sechsten Klasse passierte, nicht vergessen. Und da ich gerne Aufsätze schreibe …

Zunächst war da noch das Theater mit Großvater.

Mama hatte einen guten Job bekommen, und da ER wirklich nicht mehr zum Aushalten war, fingen wir an, den Immobilienteil der Zeitung durchzuforsten. Wir wollten weg, nichts als weg.

Eines Tages machten wir uns auch auf, um eine passende Wohnung zu besichtigen. Als wir gerade zurück waren, kam er uns schon genervt entgegen.

Was war passiert?

Nix, nur mein Handy hatte wie blöd geklingelt; ich hatte es im Flur an der Garderobe liegen gelassen. Da musste er natürlich drangehen.

Und wer war's?

Liv.

Liv stammte aus meinem früheren Leben, und ich hatte sie schon fast ganz vergessen.

»Was wollte sie denn?«

»Sie lässt grüßen«, richtete der Großvater ordnungsgemäß, aber doch brummig aus. »Und ein gewisser Alexander grüßt auch.«

Alexander? Ich dachte, Liv war mit Robin zusammen oder mit Ralfie oder umgekehrt.

Alexander?

Langsam dämmerte es mir, dass er das Schlappmaul in der Klasse gewesen war. Na schön. Ich wusste, ich würde mich bei Liv nie mehr melden.

Na, und dann wollte der Großvater noch wissen, wo wir gewesen waren. Mama berichtete, dass wir uns eine Wohnung angesehen hatten. Da fiel IHM die Kinnlade runter.

»Das dulde ich nicht!« Seine Stimme überschlug sich fast. »Das kommt gar nicht in Frage.«

Dann drehte er sich abrupt um und lief die Treppe hoch. Fast rutschte er auf seinen karierten Pantoffeln aus, hielt sich im letzten Moment zum Glück noch am Geländer fest. Na, das hätte uns noch gefehlt, wenn er die Stufen runtergepoltert wäre.

Wir waren an diesem Abend sehr aufgekratzt. Weil

wir uns so sehr freuten, dass es mit der Wohnung wahrscheinlich klappen würde. Wir waren rein aus dem Häuschen und deswegen auch etwas laut, so dass er wieder mit dem Lineal ans Heizungsrohr klopfte. Das bestärkte uns nur noch im Entschluss, das Weite suchen zu müssen.

An diesem Abend, der auch unvergesslich bleiben wird, saßen wir rund vor Glück in der Küche beim Abendessen, als es an der Tür klopfte. Das konnte nur ER sein.

Wir sagten nichts, weil er nämlich eigentlich immer ohne eine Reaktion abzuwarten ins Zimmer reingestürmt kam.

Wir warteten, aber er kam nicht in die Küche.

Da sagte Mama langsam, so dass man ihre Verwunderung spüren konnte: »Ja?«

Der Großvater öffnete vorsichtig die Tür. Blieb in der offenen Tür einfach stehen.

Er stand da geknickt wie ein ausgetrockneter Baumstamm und sagte: »Also, ich meine, ihr solltet doch hierbleiben, ich meine, ich fände das gut.«

Wir sagten alle drei nichts. Wir hatten uns ja schon entschieden, abzuhauen, weit, weit weg von ihm.

Er räusperte sich und fing noch einmal von vorne an. »Also, ich meine …«

»Ja?«, sagte Mama wieder.

Sie saß mit dem Rücken zu ihm und drehte sich jetzt auch nicht um. Sie zeigte ihm sozusagen die kalte Schulter.

»Ich würde mich freuen, wenn ihr hierbleiben würdet«, sagte er.

Das verschlug uns natürlich die Sprache.

Er fuhr fort.

»Ich bin ein Esel«, meinte er.

Es war zu komisch, so was von IHM zu hören, aber wir mussten nicht lachen. Ich glaube, wir dachten alle dasselbe, dass wir nämlich nicht recht hörten.

»Ich fände es schön, wenn ihr hier wohnen bleiben würdet, weil ... Also, mir würde was fehlen.«

Mama guckte uns an und Hannah und ich schauten auch von einer zur anderen, nur nicht auf ihn.

Schließlich sagte Mama: »Wir stören dich doch nur, Vater.«

»Es würde schlimmer sein, wenn niemand mehr hier wäre«, sagte er.

Da sagte meine kleine Schwester: »Wegziehen können wir ja immer noch, Opa.«

Na, guck sich einer die Kleine an! Ihr muss das Herz bis zum Hals geschlagen haben, als sie diesen Satz sagte, denn ich hörte an einer Stelle ihr ganz leichtes Lispeln.

Und so sind wir im Haus vom Großvater in der

Holbeinstraße wohnen geblieben. Denn: Wegziehen können wir ja immer noch. Und irgendwie ist es plötzlich zum Aushalten. Mit dem Opa!

Möglicherweise musste es so richtig knallen, dass er verstand, so geht es mit ihm nicht weiter. Der Knall passierte dann aber auch im wahrsten Sinne des Wortes.

Wieder einmal wollte er mit seiner Monsterkiste eine Runde drehen. Wahrscheinlich nur, um am Bahnhof seine Sonntagszeitung zu kaufen.

Er setzte in der Auffahrt zur Garage zurück, merkte wohl, dass er nicht den richtigen Winkel eingeschlagen hatte, fuhr vor, wieder zurück, und knallte dann heftig gegen einen der gemauerten Pfosten von der Toreinfahrt. Ein Stück vom Backstein war abgesprungen und das Auto bekam eine gehörige Schramme. Er war erschüttert.

Mama sprach mit ihm in aller Ruhe. Und ... er hörte zu. Dass er doch den Führerschein abgeben sollte. Den Wagen verkaufen. Mama würde zu gegebener Zeit wieder ein Auto haben und könnte ihn fahren, wohin er wollte. Auch sonntags zum Bahnhof für die Wochenendausgabe seiner Lieblingszeitung.

»Bin ich denn schon so alt?«, fragte er irritiert.

Er war so alt! Er war über achtzig und wahrscheinlich schon alt geboren. Ich stellte mir vor, wie das mit ihm gewesen sein musste, als Mama jung war. Der reinste Horror! Kein Wunder, dass Mama erst richtig erwachsen sein musste, um mit ihm normal umzugehen. Und ER stimmte dem Verkauf seines Wagens wirklich zu.

Liv habe ich tatsächlich nie zurückgerufen.

Hannah pubertiert fürchterlich. Sie hat nur Jungs im Kopf, aber sie telefoniert nachmittags viel mit ihren Freundinnen,

da hat er zu mir gesagt ... und da habe ich zu ihm gesagt ... und da hat er zu mir gesagt ...

In der Klasse sind wir – mit Ausnahme der wirklich Doofen – ein gutes Team geworden, obwohl es jetzt viele Zweier-Beziehungen gibt.

Eileen hat was mit Carl angefangen. Sie küssen sich öffentlich!

Wadim und Bastian hängen wie die Kletten aneinander und ärgern jeden, der ihnen über den Weg läuft. Sie sind Blödmänner geblieben und spielen immer noch mit den *Wrestling Chipsz*. Eines Tages jedoch hatten sie ein Dart-Spiel mitgebracht, aber der Direx hatte ein Veto eingelegt.

»Das reicht mir jetzt, liebe Freunde!«, hat er mit dröhnender Stimme gerufen. »Das ist zu gefährlich. Das kommt mir nicht in meine Schule!«

Und?

Es hatte gefruchtet!

Der Direx legt im Moment die *Beatles* auf, *yeah, yeah, yeah*. Die *Beatles* nerven uns. Wir hören lieber so was wie *Ey, you are … can't tell … woops woops woops* oder auch *Drei Königz*.

Übrigens vermuten alle Schüler, dass der Direx und Frau Mertens was miteinander haben. Der Beweis fehlt aber noch; es wird bloß gemunkelt.

Nur mit Swantje ist es das reinste Elend. Obwohl ein Platz neben Romeo frei ist, bin ich neben ihr sitzen geblieben. Sie tut mir einfach leid. Pech, dass sie dieses eiförmige Gesicht hat, in das auch nicht das kleinste Lächeln Bewegung bringt. Wenigstens wird sie keine Falten bekommen und bis zu ihrem achtzigsten wie eine Madonna aussehen. Aber ob sie das glücklich macht?

Und irgendwie hatte ich bisher auch noch keine Gelegenheit, Mama zu fragen, wie das mit meinem Vater genau gewesen war. Eigentlich interessiert mich das auch nicht sonderlich. Es soll gesund sein, wenn einem etwas egal ist. Das hat Romeo gesagt. Er hat das von seiner Mutter gehört.

Und was läuft so mit ihm? Mit ihm und mir? Ich meine, in Sachen *Julia und Romeo*?

Also, was Romeo und mich anbelangt … eigentlich geht das keinen was an. Wenn er zu mir nach Hause kommt, nennt mein Großvater ihn immer noch »junger Mann«. Wenn ich ihn besuche, ist seine Mutter vor Freude aus dem Häuschen. Sie denkt, endlich hat er eine kleine Freundin. Sie könnte mich vor Glück, das aus ihren Augen strahlt, auffressen. Körpersprache muss man deuten können!

Romeo und ich machen viel zusammen, manchmal auch donnerstags Kino. Immer noch hat er seinen scheuen Blick, den ich so sehr liebe. Er wendet schnell den Kopf, wenn ich ihn zu aufmerksam ansehe. Ich versuche sein Gesicht zu studieren. Wenn mein Blick zu lange auf ihm haften bleibt und tief in seine Augen fährt, dann merke ich, wie er sich losreißt, um sich in meinen nicht zu verlieren.

Wie süß das ist!

Das mit Romeo und mir ist spannend. Es ist so spannend, dass es fast nicht zum Aushalten ist.

Im Moment sehe ich alles durch eine rosarote Brille. Außer der Sache mit Mathe. Aber … na ja. Mathe ist nicht die Welt und nicht das Leben.

Da ich inzwischen schon etwas Französisch gelernt habe, weiß ich, wie wir das ausdrücken, wir Franzosen: *La vie en rose.*